HECTOR BERLIOZ

COLLECTION

Cascade

MUSIQUE

MICHEL HONAKER

LA MÉLODIE FANTASTIQUE

RAGEOT-ÉDITEUR

Collection dirigée par Caroline Westberg

Couverture : Gilbert Raffin
ISBN 2-7002-2513-9
ISSN 1272-2375

RÊVERIES ET PASSIONS

La Côte-Saint-André, près de Grenoble, été 1816

Depuis plusieurs instants déjà, Mme Berlioz, née Marmion, s'efforçait de rester concentrée sur son point de broderie. Mais elle avait beau faire, l'aiguille indocile tournait, hésitait, puis piquait de travers, ce qui avait pour effet de conduire la pauvre femme au bord de la crise de nerfs. Comme les trilles dissonants de la flûte reprenaient de plus belle, elle reposa son ouvrage sur le guéridon et se tourna avec impatience vers son mari.

– Je n'en puis plus ! s'écria-t-elle d'une voix haut perchée. Comment pouvez-vous demeurer ainsi sans broncher ? N'entendez-vous pas ce vacarme ?

Le docteur Louis Berlioz la considéra par-dessus son journal déplié. Le soleil de juillet ruisselait sur la terrasse, parmi les massifs de verdure. Au-delà du muret, le regard s'égarait sur la plaine verdoyante de la Bièvre, barrée par le sourcil menaçant des Alpes. L'air tiède dispensait des senteurs cueillies sur les coteaux. Les ombres s'étiraient alanguies. Non, décidément rien à cette heure ne prédisposait aux querelles.

– Avez-vous lu les dernières nouvelles ? éluda le médecin. Louis XVIII semble tenir les choses en main. Les nobles clament partout qu'ils balaieront jusqu'au dernier vestige de la Révolution et de l'Empire. Mais le roi s'est engagé devant la nation à protéger ces acquis. Vous verrez, il ne s'en laissera pas compter.

– Selon votre habitude, vous faites mine d'ignorer ce que je dis.

D'un caractère mesuré, ennobli par une érudition exemplaire, le docteur Berlioz s'efforça d'apaiser son épouse.

– Marie-Antoinette, soyez réaliste ! Hector s'initie à la flûte. S'il ne peut se soumettre à une pratique intensive…

– Oui, mais auparavant, il en a été de même avec le sifflet, le tambour et le flageolet ! Quelle idée de lui avoir donné goût à de semblables instruments ! Encore une de vos ridicules théories sur l'éducation des enfants… Votre fils me rendra folle, vous entendez ?

Le médecin retira ses lorgnons et glissa malicieusement :

– Mon fils, qui par bonheur est aussi le vôtre, tient assurément des Marmion sa nature passionnée et curieuse de tout, non des Berlioz. C'est avéré. Voyez votre frère…

L'ironie sous-jacente ne fit qu'accroître le mécontentement de son épouse.

– Quel malheur qu'Hector n'ait pu poursuivre ses études au séminaire, regretta-t-elle. Si votre Bonaparte de malheur n'avait pas ordonné qu'on le ferme ! Là-bas au moins, notre fils apprenait le grec, le latin !

– Mais avec moi aussi ! se récria le docteur Berlioz. Et la physique, les mathématiques, même la poésie ! Qu'avez-vous à redire à l'éducation que je lui donne ?

– Rien ! Elle est parfaite ! À présent, c'est un galopin ! La belle idée d'avoir encouragé son goût pour la musique en appelant ce professeur de Lyon, auprès duquel il n'apprend rien, d'ailleurs, puisqu'il se refuse à étudier la théorie.

– La musique est nécessaire à l'épanouissement d'un jeune esprit. Je lui avais promis que s'il travaillait bien, je lui paierais quelques leçons. Me reprochez-vous d'avoir tenu parole ?

– Je vous reproche de l'avoir donnée. Il n'est point question de passer avec un enfant des arrangements de cette nature. Encore un trait de l'éducation trop libérale que vous entendez lui dispenser. Quelle éducation d'ailleurs ! Hector n'a aucune religion, aucun principe !

– Ah, je vous demande pardon ! Dans un souci d'équité, je lui fais réciter le catéchisme, et vous savez pourtant combien je préfère les penseurs !

– Oh, vos grands penseurs ! Ces aigris, ces libertins, avec lesquels vous pervertissez l'esprit de ce garçon. Rousseau et les autres ! Leur belle littérature est un utile alibi pour justifier leurs frasques par trop réputées.

– Des frasques ? Rousseau ? s'empourpra le docteur Berlioz.

Cette fois, touché dans ses admirations les plus vives, il s'apprêtait à répondre vertement, mais sa femme plaqua les mains sur ses oreilles et posa son front sur ses genoux, telle une petite fille en colère.

– Mécréant ! Blasphémateur ! murmura-t-elle.

Le docteur leva les yeux au ciel. Il redoutait les sautes d'humeur de Marie-Antoinette, qui pouvaient confiner à l'hystérie. Il rendit les armes. Il froissa son journal avec indignation et partit vers le fond du jardin en quête de son fils.

– Hector ! Hector ! Où diable es-tu ? Cesse ce bruit sur-le-champ ! Tu mets ta mère à l'agonie.

La flûte s'interrompit aussitôt. En haut du cognassier, une tignasse orange troua le feuillage.

– Oh, tu m'as entendu ? Splendide, n'est-ce pas ? Encore un peu, et j'attraperai la mélodie, c'est certain.

– Oui, mais en attendant, tu nous infliges mille tourments. Es-tu obligé de souffler aussi fort dans ton instrument ?

– Papa, il n'est pas d'autre moyen d'en tirer le maximum ! Ah, si j'avais l'une de ces traversières à clapets…

– Oui, eh bien à présent, cède la politesse aux oiseaux, veux-tu ? S'ils ne sont pas morts de frayeur. Et descends de ton perchoir !

Leste comme une anguille, Hector se laissa glisser de branche en branche. C'était un garçon de petite taille, aussi mince qu'un fil de fer. Son long nez jetait une ombre droite sur ses lèvres minces et n'aurait concouru qu'à enlaidir ses traits osseux s'ils n'avaient été rachetés par des yeux d'un éclat profond. Pour un enfant de douze ans, il manifestait une intelligence et une vivacité d'esprit hors du commun. Sitôt qu'il tomba sur l'herbe, il se serra contre son père en enfouissant sa figure dans sa chemise.

– Papa, embrassez-moi ! Je vous aime tant.

Le docteur Berlioz caressa la tignasse ébouriffée et, avec une solennité qui n'avait d'autre but que de masquer sa tendresse débordante, il déposa un baiser sur son front.

– Viens à présent ! Il ne faut pas négliger nos devoirs.

– Mais ce sont les vacances !

– Pas de caprices. Nous avons encore le temps avant dîner.

– Allons-nous lire ?

– Si tu veux.

– Virgile ? Oh papa, je vous en prie ! La prise de Troie ! Le passage du cheval de bois pénétrant dans l'enceinte de la ville ! Et Cassandre hallucinée courant à travers les flammes ! Ou la mort de la malheureuse Didon. Ah, c'est si beau ! J'en fondrais !

Il s'interrompit, la gorge nouée. Le médecin hésita. Hector, dévoré par sa passion pour l'antique poète latin, ne se contentait pas seulement de lire : il déclamait à tue-tête, mimait l'action, les larmes aux yeux, bouleversé par une émotion irrépressible.

– C'est entendu. Mais doucement...

En passant devant sa mère, toujours boudeuse, Hector esquissa le mouvement de l'embrasser. Mais elle le rabroua du regard et il se garda d'insister.

Dans le confort bourgeois du cabinet médical tapissé de diplômes, Hector, le nez à quelques centimètres de l'ouvrage, récitait les vers latins avec une ferveur difficilement contenue. Son père écoutait avec attention. Il se refusait obstinément à l'envoyer en pension à Lyon ou Grenoble. En se chargeant de son éducation, il espérait secrètement dévoiler chez lui un penchant pour la médecine. Le docteur Berlioz était un praticien apprécié et consulté des quatre coins du canton. S'il avait eu un soupçon d'ambition, nul doute que sa notoriété eût dépassé ce cadre car il nourrissait des idées originales sur la médecine –prônant l'acuponcture chinoise et l'hydrothérapie, pratiques inconnues jusqu'alors. Il projetait légitimement de confier un jour son cabinet et sa nombreuse clientèle à son fils. Ainsi, il n'aurait plus aucune crainte quant à son avenir.

Hector récitait de plus en plus vite, se tordant les mains et se griffant le visage, la voix brisée par l'émotion. Son père crut opportun de l'interrompre.

– Bien, bien ! Arrêtons-nous.

– Oh non ! Pas si tôt ! Pas si tôt !

– Nous reprendrons demain, répondit le médecin inflexible. Regarde dans quel état cela te met ! Réfléchis au sort de ces malheureux Carthaginois, oublieux des avertissements de leur prêtresse. Et n'oublie jamais mes préceptes. Dans la vie, il convient d'être sage et mesuré. Te souviens-tu du Livre de Raison que j'ai rédigé à ton intention ?

– Je n'ai plus six ans ! se récria Hector. Est-il vrai que nous partons pour Meylan demain ?

– Qui t'en a parlé ?

– Personne. J'ai seulement observé que la servante pliait du linge dans les malles.

– Je ne voulais pas te le dire avant. À chaque fois, cela t'empêche de dormir. Mme Gautier nous a invités pour quelques jours.

Hector ne dissimula pas son enthousiasme. Il adorait rendre visite à la vieille dame, grande amie de la famille.

– Chouette ! On s'en va ! On s'en va ! L'oncle Félix y sera ?

– Oh certes !

L'oncle Félix Marmion ! Le fier lieutenant de dragons au visage couturé de cicatrices, qui avait suivi les armées de Napoléon partout en Europe et ne manquait guère une occasion de relater ses exploits. C'était un personnage selon le cœur d'Hector, un héros ayant parcouru le monde et frôlé mille fois la mort. Son jeune esprit en quête de rêves bouillonnait à l'évocation de ses récits guerriers. Hector s'élançait déjà hors de la pièce. Son père le rappela.

– Aie la bonté de laisser ta flûte ici ! Disons jusqu'à demain ?

– Ce soir, j'ai d'autres pensées que la musique, s'écria l'adolescent.

Hector avait attendu le moment du départ avec une excitation grandissante et il s'était juché sur le siège du cocher, regardant en souriant les derniers préparatifs. Ses sœurs cadettes, Nanci et Adèle, se chamaillaient à l'intérieur et leur mère contenait difficilement leurs ardeurs guerrières. Le docteur Berlioz les rejoignit bientôt et, au grand plaisir du garçon, donna au cocher le signal du départ en cognant sur le toit du pommeau de sa canne.

– Où est Hector ? s'inquiéta-t-il soudain.

– Où voulez-vous qu'il soit, mon cher ? repartit Marie-Antoinette. Avec les domestiques !

Ce n'était pas un bien long trajet jusqu'à Meylan. Hector contemplait le paysage contrasté et lorsque le village émergea dans l'ombre des montagnes du Dauphiné, dominé par le crâne chauve du mont Saint-Eynard, il poussa des cris de joie. Les chevaux peinèrent à gravir l'allée raide bordée d'arbres. La maison blanche, blottie près d'une tour en ruine, apparut bientôt. Le décor romanesque de cette butte sauvage excitait l'imagination d'Hector.

L'aimable veuve, qui passait là ses vacances, accueillit la famille sur le seuil de sa porte. Hector bondit de son siège comme un chat. Paroles de bienvenue et embrassades renouèrent les liens amicaux. L'oncle Félix n'était pas encore arrivé. Mais il s'était annoncé pour le souper. Hector écoutait d'une oreille distraite les conversations des adultes, pinçant sa sœur Adèle qui ne cessait de tirer sur sa chemise, lorsqu'il lui sembla soudain que la foudre s'abattait sur lui.

Derrière Mme Gautier venait d'apparaître dans un rayon de soleil une créature comme il n'en avait jamais vue. C'était une longue jeune fille brune, âgée de dix-sept ou dix-huit ans, au front griffé de boucles, gracile comme un épi de blé, au teint diaphane, aux yeux clairs. Elle était chaussée de brodequins roses, détail insignifiant mais qui frappa durablement son esprit.

– Voici Estelle, ma petite-fille. Elle séjourne avec moi jusqu'à la fin des vacances, avant de retourner à Lyon.

Figé comme une statue, la bouche ouverte, Hector osa à peine lui tendre la main. Quelle douceur de peau ! Ses doigts étaient ceux d'une fée ! Profitant de ce que l'on se désintéressait de sa personne, il se réfugia dans la tour en ruine, haletant, incapable de contenir son émotion. Là, dans la fraîcheur des vieilles pierres, il abrita la douleur inconnue qui l'embrasait tout entier, tel un oiseau caché sous sa chemise.

À la place du cœur.

Tandis que la servante en bonnet et tablier de dentelle servait le potage, le regard mobile d'Hector vagabondait autour de la table. Son père siégeait à la droite de la maîtresse de maison, sa mère à son côté, détendue et rieuse, puis l'oncle Félix en costume civil d'un gris poussière, quelques voisins et amis.

Et Estelle. Estelle, Estelle...

Hector avait beau résister, son regard comme aimanté revenait immanquablement sur elle.

– Hélas, se lamentait le fier lieutenant des dragons, moi qui ai connu l'enfer des dernières batailles, la terrible défaite de Waterloo... Croyez-moi, nous aurions pu l'emporter si Ney avait finement manœuvré aux Quatre-Bras ! Et le sort du monde en aurait été changé. Austerlitz et Wagram sont bien loin. La Russie, voilà la première erreur. Le morceau était trop gros. Quel souvenir ! Le givre glaçait nos barbes jusqu'à les rendre aussi dures que du silex. Dire que j'ai arpenté mille routes boueuses, si escarpées que nos chevaux même eussent dévalé la pente si nous ne les avions tenus par la bride ! Les hommes ployaient sous le poids des paquetages et, bien souvent, voyaient l'aube se lever sans avoir fermé l'œil de la nuit. Marchant,

marchant toujours… Ah certes, « le petit caporal » nous menait la vie dure ! Nous étions quatre cent mille, et pourtant nous avions l'impression que son regard était posé en permanence sur chacun de nous. Quand nous l'apercevions sur une crête, entouré de son état-major, nous redoublions d'efforts, oubliant nos souffrances. Parfois, le soir, sans escorte, il allait parmi les bivouacs, mains derrière le dos. Il s'asseyait sans façon près du feu et trempait son pain dans la soupe avec les simples soldats, auxquels il parlait comme à des amis de longue date. Combien je l'aimais ! Je souffre qu'il soit humilié de la sorte. Imaginez-vous cet homme enfermé telle une bête sur cette île de Sainte-Hélène.

– C'est un monstre et un tyran, laissa tomber Mme Berlioz.

– Chère sœur, toujours aussi royaliste ! Mais je suis soldat et me dois de servir mon pays avant tout.

– Ne craignez-vous pas ces commissions qui se promettent d'épurer l'armée des partisans de l'Empereur ? demanda Mme Gautier.

– Je suis trop petit gradé pour attirer leur attention. Au pire, ils me demanderont de signer une lettre par laquelle je m'engagerai à servir le roi. Et la loyauté de ma sœur sera ma meilleure caution, comme vous pouvez en juger.

Les convives partirent d'un éclat de rire.

Hector ne suivait la conversation que d'une oreille. Il ne comprenait rien à la politique.

Mais la manière dont l'oncle Félix parlait de Napoléon l'inclinait plutôt vers celui-ci. Ce Louis XVIII trop bien en chair ne lui inspirait que mépris. Pour l'instant, ces jugements étaient secondaires, noyé qu'il était dans son océan de félicité. Estelle... Il l'observait par en dessous, fasciné par la manière douce et distinguée dont elle goûtait au potage.

« Bienheureuse cuillère, songea-t-il, qui reçoit si doux baisers ! »

Estelle finit par remarquer l'insistance de son regard et lui adressa un sourire moqueur. Rougissant, Hector plongea le nez dans son assiette. Le manège dura pendant tout le souper. L'heure arriva pour Hector et ses sœurs d'aller se coucher. Son père avait déjà consenti une grande faveur en lui permettant de veiller si tard. La mort dans l'âme, Hector obéit. Il dit bonsoir à chacun, mais à Estelle, il appliqua un tendre baiser sur la joue. Enivré par le contact de sa peau, par son parfum si léger, il s'évanouit presque. Son trouble n'échappa à personne. L'oncle Félix, qui avait le verbe haut mais l'esprit moins brillant que le sabre, le moucha sans ménagement :

– Eh bien ! Notre Hector sait désormais comment s'y prendre !

– Allons, Hector, sourit le docteur Berlioz. Monte te coucher.

Cette nuit-là, Hector ne dormit pas. Tout à sa souffrance, tout à son bonheur. Étendu encore habillé sur son lit, les yeux grands ouverts, il cherchait à reconnaître parmi les voix qui lui parvenaient du rez-de-chaussée celle de sa bien-aimée.

– Estelle ! murmura-t-il. « Stella montis », mon étoile des montagnes !

Son cœur saignait.

Il aimait. Il sut qu'il n'aimerait plus jamais ainsi.

– Hector est amoureux ! Amoureux ! s'esclaffèrent Nanci et Adèle derrière la cloison.

Furieux, le jeune garçon se leva et partit leur donner quelques bons coups d'oreiller.

Entre les promenades et les jeux, entre les soupirs et les larmes, les quelques jours de vacances s'envolèrent comme brise. Le premier amusement passé, Estelle l'avait abandonné à ses rêveries impossibles, préférant se pâmer d'admiration pour l'oncle Félix et ses effrayants récits de bataille. Lorsque sonna l'heure du départ, Hector avait le cœur serré. Le chalet à l'ombre de la tour s'éloigna, et l'adolescent déçu chercha en vain la gracile silhouette agiter un mouchoir d'adieu. Seules les corneilles le saluèrent de cris moqueurs.

BACHELIER

La Côte-Saint-André, 1818 -1821

Hector feuilleta avec découragement le traité d'harmonie qu'il avait emprunté dans la bibliothèque de son père. Il avait beau plancher nuit et jour dessus, les règles complexes, édictées dans un style pompeux, indéchiffrables pour le profane, ne l'inspiraient guère. Assimiler la théorie musicale était beaucoup plus difficile qu'il ne l'avait supposé. Or cet écueil de taille contrecarrait ses grands projets.

Hector s'était mis en tête de devenir compositeur. Il n'aurait su clairement expliquer pourquoi. À quinze ans, il n'était pas en mesure d'analyser le flot impétueux qui montait en lui, seulement de suivre aveuglément son cours. En revanche, il savait ce qu'il détestait : la musique médiocre jouée aux bals du village, ces pots-pourris insipides d'airs à la mode ! Hector rêvait de « grande » musique, une musique noble qui fût le reflet des sentiments humains les plus déchirants, et non de simples rengaines que l'on fredonne chez l'épicier.

De la souffrance née de son amour impossible pour Estelle avait germé une curieuse mélancolie, un pressentiment des peines de l'existence, et un engouement forcené, anormal, pour l'univers des sons. Était-il le fruit de son amour ou l'inverse ? Quoi qu'il en soit, il ne pouvait envisager sérieusement de devenir compositeur sans apprendre les plus simples rudiments d'harmonie. À contrecœur, il survola donc paresseusement quelques points importants, puis se tournant vers sa guitare – dont il avait ajouté la pratique à celle du flageolet – entreprit de les mettre en application. Les accords bizarres qu'il produisit le laissèrent perplexe.

Il rassembla la partition de son *Quintette pour flûte, violons et hautbois*. Ses précédentes œuvres avaient été exécutées par le groupe de musiciens amateurs du village. Cette réussite l'avait convaincu : une riche carrière s'ouvrait devant lui. Avec une parfaite naïveté, il décida d'envoyer cette nouveauté aux éditeurs parisiens, en promettant d'autres chefs-d'œuvre du même genre.

Cette tâche accomplie, il se jeta sur un roman à la mode. Ah, Chateaubriand ! *Atala* ! *René* ! Peut-être un soupçon trop chrétien pour Hector qui, suivant l'exemple de son père, n'estimait guère la religion. Il dévorait les pages, mais bientôt son esprit se détacha et, s'envolant à tire-d'aile, vagabonda au sommet du mont Saint-Eynard, dans les environs de la maison blanche. Il soupira près de la fontaine, dans l'ombre de la tour, cherchant sans fin la silhouette de la bien-aimée.

Estelle. Estelle.

Elle n'était jamais bien loin. Elle accourait à son appel langoureux, nimbée de voiles vaporeux. Il allait la saisir, l'étreindre et enfin... La porte de sa chambre s'ouvrit brusquement, dissipant la chère vision.

– Eh bien ? s'exclama le docteur Berlioz. J'ai frappé et tu ne répondais pas. Encore dans tes livres ? Et en plus l'un des miens ! Quand cesseras-tu de fouiner dans ma bibliothèque ?

Hector bondit sur ses pieds, ses joues si creuses empourprées par l'excitation. Le médecin soupira :

– Après tout, il faut que jeunesse se passe. Moi aussi je rêvassais quand j'avais ton âge. Mais, plus sérieusement, il faut te concentrer sur tes études. Tu dois obtenir ton baccalauréat.

– Papa, ce n'est que dans trois ans !

– Il n'est jamais trop tôt pour y songer.

– Au fait, pourquoi n'avons-nous pas de piano à la maison ?

Son père le dévisagea d'un air soupçonneux.

– En quel honneur ? Nous ne sommes pas musiciens, que je sache. Si je consens à ce que tu suives quelques cours, c'est pour parfaire ton éducation, rien de plus. Ne va pas te mettre des idées en tête. N'es-tu pas satisfait de ton nouveau professeur, M. Dorant ?

– Si, bien sûr. Mais je songeais... Il pense justement que j'accomplirais des progrès en harmonie si...

– Tout doux, monsieur ! Vos intentions ne

sont que trop claires ! N'avions-nous pas convenu que la guitare suffisait pour un jeune homme qui, devant se consacrer à la médecine, ne pouvait guère dilapider son temps ? Un piano ? Fort drôle ! Et tu nous assommerais à longueur de journée en martelant dessus ! Allons, il est tard, souffle ta lampe.

– Mère ne m'a pas dit bonsoir.

– Ta mère dort déjà. Il ne faut pas la réveiller.

Hector acquiesça tristement. La froideur qu'elle lui manifestait depuis longtemps était devenue indifférence au fil du temps. Il feignit de n'y accorder aucune importance. Mais au fond de son cœur, une grande tristesse le rongeait. À peine la porte refermée, il tourna en rond. Avisant le traité d'harmonie, il le fourra rageusement dans un tiroir.

– Au diable les règles, murmura-t-il. Inventons les nôtres. De toutes façons, personne n'aimera ce que je désire écrire.

La vie se déroulait paisiblement au village. Loin de se douter du démon qui habitait son fils, le docteur Berlioz continuait de mener cette existence provinciale, tranquille et casanière, à laquelle il était profondément attaché. La journée, il recevait ses patients, le soir surveillait les devoirs de sa progéniture avec autorité et tendresse.

De temps à autre, l'oncle Félix Marmion leur rendait visite. Lavé des soupçons de bonapartisme qui pesaient sur lui, il avait intégré un nouveau régiment et arborait avec fierté son bel uniforme. Régulièrement, de nombreux invités investissaient la maison. Cousins, amis, voisins, se réunissaient autour d'un repas copieusement arrosé, à l'issue duquel, tables et chaises poussées dans un coin, ils improvisaient un bal au son d'une contrebasse et de quelques crincrins. On s'amusait, on riait, et Mme Berlioz, oubliant sa réserve habituelle, n'était pas la dernière.

Hector avait dix-sept ans. Il était doté d'une aisance naturelle en société, ainsi que d'un réel talent de danseur. Abandonnant sa flûte ou sa guitare, il se mêlait avec assurance aux valses et autres quadrilles, servant surtout de cavalier à ses sœurs Nanci et Adèle, devenues de jolies adolescentes. À chacune de ces fêtes, il surveillait l'entrée à la dérobée. Si Estelle allait paraître, là, maintenant ! Il ne l'avait plus revue depuis cet été magique à Meylan. De mauvaises langues affirmaient qu'elle était déjà fiancée. Il ne voulait prêter foi à ces ragots. Pourtant, il savait bien que l'inévitable se produirait. Il n'avait qu'une hâte, celle de vieillir, afin de commencer sa cour au plus tôt. Mais si elle en aimait un autre ? Quand cette affreuse pensée l'effleurait, le spleen, ce mal-être romantique, voilait son esprit d'un crêpe noir.

Grenoble, 1821

Hector sortit du lycée en courant, cheveux au vent et costume déboutonné. Repérant la voiture de son père qui attendait à l'angle de la rue, il bondit à l'intérieur.

– J'ai réussi ! J'ai réussi à en faire pâlir mes camarades ! Me voici bachelier.

– Félicitations, mon fils ! Je n'en attendais pas moins de toi. Imagine la satisfaction de ta mère…

Hector se rembrunit.

– Oh, ma mère n'y prêtera guère attention, comme d'habitude.

– Que dis-tu là ? Elle t'aime tendrement.

Le jeune homme préféra ne rien répondre. Sa mère ne s'intéressait plus du tout à lui, refusant de le comprendre et même d'admettre qu'il pouvait vivre et penser à sa façon. Son dédain avait empiré depuis la naissance d'un petit frère, Prosper. Elle reportait toute son affection sur le nouveau venu. Hector en souffrait au plus profond. Ses manières volubiles, outrées, ses airs rebelles et son esprit volontiers mordant n'étaient qu'une façade destinée à masquer une sensibilité extrême, douloureuse.

– C'est à vous que je dois cette réussite, s'écria-t-il en chassant son chagrin, et à vous seul papa. Vous avez été mon mentor ! Mon guide ! À présent, j'ai de grands projets. Si vous saviez, je…

– Rentrons d'abord, et nous en parlerons tranquillement.

À leur retour, ils trouvèrent la maison déserte. Sans doute Mme Berlioz était-elle partie en promenade avec Prosper, afin de le faire admirer par les passantes. Le docteur Berlioz conduisit son fils dans son cabinet. Il grimpa sur un escabeau et attrapa un gros volume relié de cuir. Les yeux brillants de fierté, il l'ouvrit devant Hector :

– Le traité médical de Munro ! L'ouvrage de référence pour ce qui concerne l'ostéologie.

– L'ostéo... logie ?

– Oui, tout ce qui concerne le squelette humain ! Je l'avais précieusement conservé pour le jour où... Bref, tu sais combien je désire que tu sois médecin. Oh, bien sûr, je ne veux pas t'obliger. Tu peux réfléchir. Je n'imposerais jamais rien d'autorité. En attendant, voici de quoi te forger une opinion. Je te l'offre. Rien de tel pour te familiariser avec ce que tu auras bientôt sous les yeux. Et je t'annonce que tu seras inscrit à la faculté de médecine de Paris pour septembre !

Le regard du jeune homme navigua de la page ouverte du traité – un splendide écorché représenté avec un luxe du détail inouï et proprement... effarant ! – à son père qui sautillait sur place, mains derrière le dos, la mine réjouie. Les mots s'embrouillaient dans sa tête : médecin, autorité, faculté, Paris... Lui qui ne rêvait que de s'initier au solfège, à la fugue et au contrepoint ! Il dut consentir un effort prodigieux pour émerger de sa stupeur.

– Ne... N'allez-vous pas un peu vite en besogne ?

– Tu es trop modeste. Tu as les qualités requises, crois-moi. Je te connais bien. Intelligent, consciencieux, passionné même...

– Je voulais dire par là que je rêvais certes d'aller à Paris, mais pour devenir musicien...

Le docteur Berlioz manifesta un étonnement que chassa aussitôt un sourire de bon aloi. Il entoura de son bras les épaules de son fils.

– Hector ! Mon cher Hector ! La musique n'est pas pour toi. Je conviens qu'à présent tu joues agréablement de la flûte et de la guitare, mais que peux-tu espérer comme musicien ? Tu es peu doué pour le solfège et aucune règle d'harmonie n'a pour l'instant réussi à pénétrer cette tête folle ! Tu te rendras vite à l'évidence. Et puis, Paris, c'est la capitale des arts ! Tu auras tout le loisir d'aller au concert, au spectacle ! Je te donnerai une pension de cent vingt francs chaque mois, de manière à ce que tu ne sois pas la proie des soucis financiers, ce qui est toujours préjudiciable à de saines études. Une nouvelle vie va commencer pour toi.

Il claqua le volume qui imita pour Hector le bruit d'une porte de prison se refermant.

– Montre-toi studieux, mon fils, et je ferai venir de Lyon une de ces nouvelles flûtes à clé dont tu rêves depuis si longtemps.

Une flûte du dernier modèle, ajoutée à la

perspective de mener grande vie dans la capitale ! Ravalant ses protestations, Hector se vit contraint de baisser pavillon.

Mme Berlioz porta une main à son front et, avec une science de la tragédie digne d'une actrice, se laissa choir sur le fauteuil. Alarmé, son mari lui prit sa main et la tapota vivement.

– Eh quoi ? s'écria-t-il. Qu'avez-vous ? Seriez-vous souffrante ?

– Vous voulez ma mort, avouez-le ! se plaignit-elle.

– Comment ? Mais…

– Envoyer Hector à Paris ? Vous n'y songez pas sérieusement ? À Grenoble, il serait près de chez nous. Nous y avons de la famille, des amis qui pourraient le surveiller… Mais Paris ? Cette ville de débauche et de luxure !

– Voyons ma chère, vous affabulez, comme d'habitude. Paris n'est ni pire ni meilleure qu'une autre ville et sa faculté de médecine compte dans ses rangs les meilleurs professeurs. Notre Hector le mérite, n'en déplaise à vos jugements souvent méchants à son endroit, et dont il souffre, je vous prie de le croire. D'ailleurs, il ne partira pas seul. Son cousin Alphonse Robert vient d'obtenir son diplôme lui aussi et veut faire médecine. Ils monteront ensemble.

Mme Berlioz consentit à adopter une attitude moins dramatique, mais ne s'en drapa pas moins dans son rôle de victime consentante :

– Comme d'habitude, vous n'en ferez qu'à votre tête. À quoi sert-il que je donne mon avis ? Qui suis-je, sinon sa mère ? Hector est à vous, et depuis le commencement ! Agissez à votre guise, cela m'est bien égal.

Elle se leva et s'éloigna avec une mine éplorée, et sa robe traînante ajoutait à son allure d'âme en peine. Sur le seuil du salon, elle prit Adèle et Nanci dans ses bras avec une tendresse outrancière.

– Mes trésors, venez consoler votre maman.

Le docteur Berlioz leva les yeux au ciel, exaspéré.

Hector n'avait jamais fréquenté assidûment son cousin Alphonse, qui habitait un bourg voisin. Unis par une destinée commune, les jeunes gens décidèrent de se voir plus souvent et d'étudier l'anatomie ensemble pour préparer leur entrée en faculté. Hector trouva son nouveau compagnon d'autant plus fréquentable qu'il jouait du violon. Nanti de la flûte traversière que son père lui avait offerte comme promis, il l'accompagnait en d'éblouissants duos qui n'avaient guère de rapports avec les traités scientifiques. L'été précédant le départ se déroula ainsi, dans une atmosphère de quiétude et d'indolence, de musique et de farces.

À la fin du mois d'octobre, les deux bacheliers montèrent dans la diligence pour Paris. La famille au grand complet assistait au départ. Mme Berlioz sanglotait bruyamment, le nez dans son mouchoir de fine batiste, moins atteinte par la séparation que par la perspective de voir « ce pauvre garçon perdre son âme » ; Nanci et Adèle, devinant que leur frère aîné s'éloignait sans doute pour toujours, lui manifestaient les derniers signes de tendresse. Le docteur Berlioz s'efforçait de contenir son émotion. Il serra dignement Hector contre lui. Mais sa voix tremblait lorsqu'il murmura à son oreille :

– Tu vas me manquer, mon fils. Va. Que je sois fier de toi.

Le préposé annonça le départ à grandes sonneries de trompe. Le cocher fit claquer son fouet. Hector s'arracha à l'étreinte paternelle et grimpa vivement dans la voiture.

– Étrange chose ! murmura Hector tandis que l'attelage s'ébranlait. Je ne tenais plus de joie à l'idée de ce départ. À présent, j'ai les larmes aux yeux comme un enfant.

Son cousin Alphonse, dont le caractère positif et l'ambition avouée de devenir un médecin célèbre atténuaient les remords, le railla :

– Verser des larmes ! Quand la voie de Paris s'ouvre à nous ? Songe un peu ! Des théâtres, des bals, des concerts chaque soir ! Je me suis laissé dire que la vie des carabins y était des plus agréables, surtout avec quelques sous en poche.

Hector ne répondit rien. À mesure que la ligne tourmentée des Alpes disparaissait dans le lointain, un pressentiment funeste le gagnait.

LE BÂTON ET LE BISTOURI

Paris, 1821

Paris émergeant de la brume du soir, Paris de lumières, de fureur et de tapages, diamant accroché au lobe de la Seine, suscita chez les jeunes provinciaux un émerveillement inexprimable. Pourtant, la capitale évoquait davantage une assemblée de bourgades qu'une ville moderne au plan net et régulier. Le jardin du Luxembourg s'achevait dans les champs, le chantier interrompu de l'Arc de triomphe offrait l'aspect d'un gros furoncle. Seules les rues du centre avaient l'honneur des pavés, nombre de ponts enjambant la Seine étaient encore en bois et la butte Montmartre, verdoyante de vignes, se hérissait de moulins à vent.

Sitôt débarqués, Hector et Alphonse se mirent en quête d'un appartement au Quartier latin, dont l'effervescence ne laissa pas de les surprendre. Le calme villageois des rues de la Côte-Saint-André était bien loin. Les passants se pressaient sur les trottoirs, jouant des coudes. Des fiacres filaient à toute allure. Les terrasses des cafés fourmillaient d'artistes et de penseurs affublés d'habits bizarres. Arts et sciences étaient au centre d'interminables conversations. Sur la politique, mieux valait deviser dans un coin plus discret, en baissant la voix. Les espions du roi tendaient l'oreille...

Rue Saint-Jacques, les nouveaux arrivants trouvèrent sans mal une soupente en rapport avec leur budget. Au bout de quelques jours, ils s'étaient parfaitement adaptés à cet environnement, affectant les manières des étudiants – un subtil mélange de distinction et d'excentricité, agrémenté d'un zeste d'humour macabre. Ils abordèrent la rentrée avec confiance. À la faculté enseignaient de prestigieux pédagogues, dont les fameux Gay-Lussac, Thenard ou encore Laennec.

Hector ne désirait nullement décevoir son père et, mettant provisoirement ses ambitions musicales dans un tiroir, il déploya une grande assiduité. Dans ce domaine, il n'égalait cependant pas Alphonse pour qui la médecine, loin de constituer un pis-aller, représentait une véritable vocation. Mais il se forçait à assister à tous les cours, même ceux qui lui retournaient l'estomac. Ainsi l'anatomie était-elle sa bête noire, en dépit de la franche sympathie qu'il éprouvait pour son professeur, le grand Amussat, homme de génie, qui ne dédaignait pas la facétie.

– Pour que l'incision du lobe frontal soit franche, clamait le praticien en guidant le bras d'un étudiant tremblant au-dessus du macchabée, il convient de tenir le scalpel d'une main ferme mais non point crispée. Ainsi. Assistant, épongez, s'il vous plaît... Attention, vous... Mon Dieu, il s'est évanoui. Quelqu'un d'autre, je vous prie. Vous ! Le rouquin très pâle. Si vous n'étiez debout, je croirais que vous êtes mort !

Mêlé aux étudiants du premier rang, Hector tressaillit violemment. L'entêtante odeur de formol, associée à la vue du cadavre, commençait à lui donner des sueurs froides.

– Eh bien, qu'attendez-vous ? Notre ami ici présent n'a pas toute la vie !

La réflexion suscita des rires forcés, car rares étaient les étudiants de première année à avoir vu un « sujet » auparavant. Alphonse eut pitié de son cousin et se hâta de se porter volontaire. Hector l'observa avec admiration suivre scrupuleusement les consignes du maître.

– Ce n'est pas si terrible, lança Alphonse en retournant à sa place.

– Je ne me sens pas bien, confessa Hector.

– Nous avons révisé cela maintes fois dans les livres...

– Dans les livres, il n'y avait pas l'odeur...

Il sentit soudain ses jambes se dérober et ce fut un grand trou noir.

L'air frais redonna quelques couleurs aux joues de l'apprenti médecin. Alphonse lui tendit son mouchoir, narquois :

– Tu t'habitueras à la longue...

– M'habituer ? grimaça Hector en tamponnant son front. À cette horreur ? Si l'âme existe, l'entendre hurler à mon oreille : que fais-tu, misérable, à forcer la porte de ce qui fut ma demeure ?

– Tu devrais aborder la chose sous un aspect plus clinique. Songe que la recherche est la quête la plus noble qui soit et… que regardes-tu de la sorte ?

L'expression d'Hector s'était figée. Oubliant son malaise comme par enchantement, il traversa la rue au risque de se faire écraser par les cabriolets lancés à vive allure. Il se planta devant une affiche fraîchement collée.

REPRISE
CE SOIR À L'OPÉRA
IPHIGÉNIE EN TAURIDE
DE C.W. GLUCK

– Bon, un opéra, constata Alphonse qui l'avait rejoint. Et après ? Nous avons deux chapitres à apprendre ! Sans compter qu'il faut sans tarder nous procurer un sujet…

– Un sujet ? demanda Hector distraitement. Où veux-tu en dénicher un ?

– À la morgue, pardi ! Il faut bien nous exercer ! Comment espères-tu améliorer ta pratique, autrement ?

– Au diable les morts ! Un opéra de Gluck[1] ! J'ai tellement entendu parler de lui. C'était un grand maître de la forme classique. Ah, *Iphigénie* ! Je raffole de ces légendes mythologiques ! T'ai-je parlé de l'*Iliade* et de l'*Odyssée*, de Virgile et des Troyens ?

– Voyons... Quelques centaines de fois ?

– Ah ! Railleur invétéré ! Ce soir, ni livres ni macchabées ! Je cours, je vole à l'Opéra ! Tu peux bien agir comme bon te semble...

– Et qui se chargera d'acheter les scalpels ?

Hector haussa les épaules. Ces contingences matérielles l'indifféraient. À huit heures, il revêtit son meilleur costume et se mêla à la cohue sur le seuil de l'ancien hôtel de Choiseul, rue Pelletier, qui abritait l'Opéra. Jouant des coudes, il obtint une place non sans mal, perché dans le poulailler. La visibilité était quasi nulle, aussi dut-il se pencher dangereusement par-dessus la balustrade pour suivre l'intrigue. Les décors dispendieux, les riches costumes, le jeu outrancier des chanteurs, le fascinèrent. Plus encore, le son de l'orchestre, qu'il entendait pour la première fois, le transporta de ravissement. Et cet homme, debout devant les musiciens, qui agitait son bâton !

– Chef d'orchestre... murmura-t-il. Ah, tâche grandissime !

Il ressortit du spectacle comme étourdi. Son

1. Christoph Willibald Gluck (1714-1787), compositeur allemand célèbre dans l'Europe de l'époque pour le ton nouveau de ses opéras. Le livret d'*Iphigénie en Tauride* est tiré d'une tragédie d'Euripide.

esprit était en feu, ses gestes étaient ceux d'un fou et les rares passants qu'il croisait sur les berges de la Seine l'observaient avec méfiance. Le souffle court, il finit par s'asseoir à même le quai, les jambes dans le vide, et resta un long moment à contempler la lumière des becs de gaz se refléter dans l'eau noire. Il rentra fort tard. Alphonse l'attendait avec une certaine inquiétude. Il s'affola de sa pâleur.

– Que s'est-il passé ? Tu as l'air malade…

– Oui, je suis malade, grand Dieu ! Malade de musique. J'en pleurerais. D'ailleurs j'en pleure, comme tu vois. Au diable la médecine et son répugnant fatras. Je veux devenir compositeur. Un autre Gluck, ou rien !

Alarmé par son extrême agitation, Alphonse crut bon agir en docteur. Il lui ôta manteau et gibus pour le pousser doucement au lit. À peine si son ami s'en rendit compte, absorbé qu'il était par son rêve éveillé. Les sonorités de l'orchestre résonnaient encore à ses oreilles.

Paris, 1822

– Cher neveu ! Quelle joie de te revoir ! Et comme tu as grandi !

Sanglé dans un bel uniforme de lancier, l'oncle Félix Marmion considéra la soupente avec un sourire d'approbation.

– Tu n'es pas mal ici. Pas mal du tout.

Surpris par l'intrusion soudaine de son parent, Hector glissa discrètement le papier musique dans le tiroir de son bureau. Alphonse s'était absenté, toujours en quête de cadavres à disséquer.

– Mon oncle ? Que… Quelle heureuse surprise ! Quoi vous êtes à Paris ?

– Ma garnison a été affectée à Beauvais. J'ai à présent rang de colonel. Ton père m'a demandé de prendre de tes nouvelles, ce que je fais. Mais ne devrais-tu pas être en cours ?

– Un décret royal a contraint la faculté à fermer provisoirement ses portes. J'ignore quand elles rouvriront.

– C'est à cause de ce complot bonapartiste qui a été déjoué de justesse. Pour le coup, la police entend réprimer toute agitation, en particulier chez les étudiants. Il y a eu des troubles. L'armée est en état d'alerte. Si nous allions déjeuner ? Quand on est étudiant, j'imagine qu'on songe moins souvent à remplir son estomac que sa tête !

Hector n'avait pas de projets pour la soirée, aussi accepta-t-il volontiers l'invitation. Parler du pays, obtenir des nouvelles de ses parents et de ses sœurs lui fit du bien. Pour autant, il ne put bien longtemps masquer son embarras. Fin observateur, le colonel Marmion sourit en tirant sur sa pipe et, rejetant une volute de fumée dans les airs, lança négligemment :

– Tu sembles avoir quelque chose sur le

cœur… Serait-ce au sujet d'Estelle Gautier ? Tu sais bien sûr qu'elle est mariée…

Hector pâlit. Estelle… Les contours de son visage s'étaient estompés dans la brume des souvenirs, mais la vieille blessure restait intacte, douloureuse.

– Je l'ignorais, murmura Hector.

– Toujours amoureux, pas vrai ? se moqua le militaire d'une voix grasseyante. Ah ! Cela te passera. Un cœur d'homme pour mille femmes. À Paris, c'est ainsi.

Hector tordit ses longs doigts maigres, avant de lâcher tout à trac :

– J'ai décidé d'en finir avec les études de médecine. Je veux dire… Je n'ai pas l'intention de retourner à la faculté. Je désire me consacrer exclusivement à la musique. Il paraît que Lesueur donne des cours particuliers. Je vais tâcher de l'approcher.

L'oncle Félix ouvrit des yeux étonnés. Il n'avait jamais entendu parler de ce Lesueur. À la grande musique, il préférait les cabarets louches et les tripots enfumés.

– Lesueur est un maître, précisa Hector, compositeur honoré et professeur au Conservatoire. J'admire ses opéras qui sont proprement grandioses, dans le style de ceux de Gluck. Savez-vous qu'il a rédigé des ouvrages de théorie qui font autorité ?

Le colonel l'écoutait avec un sourcil froncé de mauvais augure.

– Tes parents sont-ils au courant de ton changement d'orientation ?

– Non. Personne, à part mes sœurs à qui je m'en suis ouvert. Et vous.

– Diable ! l'interrompit l'oncle Félix. Imagines-tu quelle tempête ce sera lorsqu'ils l'apprendront ?

– Certes. Et je m'y prépare. J'attends le moment favorable.

– Quelle étrange idée ! Paris fait la vie belle aux médecins. Pourquoi renoncer à une carrière si prometteuse ?

– C'est ainsi. Je n'y peux rien. Mais gardez mon secret. J'entends les informer moi-même de ma décision.

Le colonel acquiesça gravement. Il jeta quelques pièces sur la table et signifia qu'il était temps pour lui de regagner son casernement.

Alphonse Robert pliait soigneusement ses chemises au fond de sa malle lorsque Hector rentra.

– Où pars-tu ?

– Je rentre chez moi.

– Chez toi ? N'est-ce pas ici chez toi ?

– Je veux dire : chez moi, à la Côte. Aux dernières nouvelles, la faculté ne rouvrira ses portes qu'à la rentrée. À quoi bon rester à Paris ?

– Tu es fou ? Tu souhaites tant que cela retourner t'enterrer au fond de ton village de culs-terreux ? Alors que nous avons tellement à faire ici ? Tiens, ce soir, il est encore temps de filer à l'Opéra. On y donne un ballet de Dalayrac. Et demain, je file à la bibliothèque du Conservatoire pour y consulter les partitions de Gluck et de ce Beethoven dont on parle tant. Quel âne je fais ! Elle était ouverte au public et je ne le savais pas ! Je vais étudier les partitions, fouiller, chercher, apprendre ! Ah ! Frénésie ! Je meurs rien que d'y songer !

Il s'empara du gibus de son compagnon, le lui planta de force jusqu'aux sourcils et l'entraîna dans l'escalier avant qu'il ait eu le loisir de protester.

Il se présenta au Conservatoire le lendemain de bonne heure. Dans sa hâte à pénétrer dans le sanctuaire, il ne remarqua pas un panneau apposé à l'entrée, indiquant que les hommes devaient passer par la porte donnant sur le faubourg Poissonnière, et les femmes par celle de la rue Bergère. Cette précaution avait pour but d'éviter les rencontres entre jeunesses des deux sexes et de transformer le lieu en point de rendez-vous galant.

Hector n'en eut cure. Tourbillon échevelé, il pénétra dans la bibliothèque par le mauvais passage. Dans le couloir, il se heurta à un employé en livrée.

– Eh vous ! Qui vous a permis de transgresser le règlement ? Revenez sur vos pas et entrez par l'autre porte !

Hector considéra de haut le fonctionnaire tatillon.

– Allez au diable ! Maintenant que je suis là, je ne vais pas faire le tour !

– Monsieur, je vous prie d'obéir ou vous aurez de mes nouvelles.

– Ne manquez pas de m'en envoyer ! riposta l'étudiant en poussant l'importun hors de son passage.

Puis, sans plus lui prêter attention, il grimpa quatre à quatre les marches conduisant à la salle de lecture. Il s'assit à une table, posa son gibus et sa canne, et se mit en quête des partitions de Gluck. Il les entassait soigneusement, prêt à s'absorber dans les délices de l'*Alceste* ou d'*Iphigénie* lorsqu'un vacarme pour le moins inhabituel dans un endroit si feutré attira son attention. L'employé qu'il avait précédemment bousculé venait de faire irruption et le désignait d'un doigt vengeur à un personnage efflanqué au profil sévère, au lorgnon inquisiteur.

– Là-bas, monsieur le directeur ! C'est lui ! Le rouquin !

Luigi Cherubini, compositeur italien de grande renommée mais accessoirement directeur de l'établissement, posa sur Hector un regard chargé de colère.

– C'est donc vous, cé pendard ! Cé fripon !

Hector se leva de fort mauvaise humeur. Qui diable osait interrompre sa béatitude ?

– Monsieur ?

Cherubini s'avança vers lui, furieux et menaçant.

– Cé vous, méssié, cé vous qui passez par la

porte qué-qué-qué zé né vé pas qu'on passe ! Sortez ! Sortez sur l'heure !

Hector demeura stoïque, ravalant sa colère.

– Monsieur, de dix à trois, la bibliothèque est ouverte au public et j'ai librement le droit d'en profiter.

– Lé droit ! Zé vous défends d'y revénir !

– Je m'en moque. Je reviendrai quand même et quand cela me chantera.

– Quel est votre nom ? s'écria Cherubini, excédé par l'insolence de ce jeune homme.

– Mon nom vous sera sûrement connu dans quelques années. En attendant, je ne vous le donnerai pas !

Sur ces paroles, Hector salua avec une courtoisie ironique et tourna les talons en direction de la sortie interdite. C'était plus que n'en pouvait supporter l'Italien rendu fou par tant d'audace.

– Attrapez-lé ! Qu'on l'attrape !

Une course éperdue autour des tables, des pupitres et des lecteurs stupéfaits tourna rapidement à l'avantage de l'étudiant plus agile. Il déjoua les tentatives maladroites de l'employé pour le saisir, renversa une chaise sur son passage, fit voler des liasses de documents dans toute la pièce avant de prendre la fuite, non sans lancer goguenard :

– Vous n'aurez ni mon nom ni ma personne ! Et je reviendrai aussi souvent qu'il me plaira. J'ai l'honneur de vous saluer !

LE CHEVALIER LESUEUR

Paris, 1823

– C'est une honte ! Un scandale ! Arrêtez tout !

Berlioz s'était levé telle une furie en brandissant la partition qu'il suivait sur ses genoux depuis le début. Le public guindé de l'Opéra se tourna dans sa direction.

– Jamais Gluck n'a écrit pareille chose ! Et j'en tiens ici la preuve ! Monstres, vous abrégez les airs pour écourter votre service ! Bandits ! Escrocs !

Le chef d'orchestre, interrompant sa battue mollassonne, leva les yeux vers l'obscurité des poulaillers dans l'espoir d'apercevoir l'énergumène qui avait ainsi l'affront de lui apprendre son métier en troublant la représentation. Sur scène, les chanteurs s'immobilisèrent dans des postures ridicules et la musique tomba comme un soufflé.

– Mais enfin, qu'on fasse sortir ce fou, se plaignit-on dans les loges.

N'écoutant que son indignation, Berlioz continuait de vociférer, penché par-dessus la balustrade :

– Vous n'êtes que des escrocs ! Des escrocs de la musique ! Vous défigurez nos chefs-d'œuvre, vous les massacrez ! Honte sur vous !

Affrontant les huées comme un marin l'ouragan, Berlioz considéra l'assistance avec mépris. Pourtant une salve d'applaudissements nourris lui arriva d'un balcon inférieur. Un bataillon de jeunes gens s'y était entassé, parmi lesquels il reconnut des artistes et des poètes qu'il avait souvent croisés aux terrasses des cafés. Tous étaient animés par la même flamme du romantisme naissant et se faisaient appeler les « Jeune-France ». Parmi eux, un dénommé Victor Hugo, qui entendait devenir un génie ou rien, mais aussi Alfred de Vigny, Alexandre Dumas, Honoré de Balzac, et le peintre Eugène Delacroix, ainsi que des journalistes comme Thomas Gounet.

– Il dit vrai ! s'écrièrent en chœur ces exaltés, provoquant un monstrueux charivari. Qu'on nous rende les chefs-d'œuvre tels qu'ils ont été écrits !

– Que l'orchestre arrête de couvrir les voix !

– Que le chef cesse de priser son tabac en dirigeant !

– Qu'on renvoie le ténor, ce jean-foutre !

– Il sait à peine respirer, comment saurait-il chanter ?

– Qu'on renvoie aussi cette soprano indigne !

– Qu'on renvoie tout le monde !

– Et qu'ils aillent au diable !

À la vue de ces alliés inattendus, Berlioz crut

la partie gagnée, quand deux policiers le saisirent par l'épaule. Il se débattit vigoureusement, mais il n'était pas de taille à s'opposer à la force publique. Il fut expulsé sans ménagement et se retrouva sur le trottoir, tentant de rassembler la partition éparse qu'on lui avait jetée à la tête. Par la porte principale surgit le petit groupe qui l'avait soutenu. Les jeunes gens l'aidèrent à récupérer son précieux bien dispersé dans le caniveau.

– Nous avons préféré quitter ce lieu indigne en signe de solidarité ! lança Hugo.

– Nous sommes d'accord avec toi ! clama de Vigny. Halte aux charcutiers de la musique. Comment t'appelles-tu ?

– Hector Berlioz ! Mais il ne suffit pas de défendre l'intégrité des œuvres du passé ! Il faut en écrire de nouvelles ! Assez des fatras insipides de ces Italiens, ces Spontini et ces Rossini ! Ah, que n'ai-je un porte-voix pour clamer au monde le dégoût que m'inspirent ces deux-là !

– Je pourrais t'en procurer un, s'écria Thomas Gounet, le journaliste. J'ai un ami au *Corsaire*.

– Ce n'est qu'une feuille de chou, s'esclaffa Dumas. Mais au moins, la parole est libre. On peut y vilipender n'importe qui du monde des arts. C'est un privilège par les temps qui courent !

– On peut compter sur moi pour vilipender et tonitruer, s'exclama Berlioz. Feux et tonnerres !

– Voilà qui est parlé ! apprécia le colossal Balzac en lui donnant une solide bourrade dans le dos. Je crois que nous tenons un nouveau compagnon de route. Amis, il faut arroser cela.

La joyeuse bande entra dans le premier café et la soirée se poursuivit fort gaiement autour d'un punch brûlant. Berlioz fit plus ample connaissance avec ces penseurs, écrivains ou poètes qui avaient peu ou prou son âge et défendaient les mêmes opinions extrémistes. Chacun désirait la révolution dans les arts, les uns dans la littérature, les autres dans la peinture ! Il leur manquait un musicien. Berlioz fut intronisé. Il rentra fort éméché. Alphonse, qui étudiait à la lumière de la chandelle, le dévisagea d'un air réprobateur.

– Tu es dans un bel état !

– Oui ! Et même, je suis rond comme une barrique !

– Je ne te demande pas où tu étais aujourd'hui ! Ton absence à la faculté commence à être remarquée.

– La faculté ? Ce soir, j'ai trouvé une faculté ! La faculté de clairvoyance ! Le moment est venu. Je vais écrire à mon père ! Il doit enfin connaître ma véritable vocation.

Alphonse, accoutumé à ses humeurs intempestives, haussa les épaules :

– Musicien, mais ce n'est pas un métier !

– Qui parle de métier ? Je compose pour l'art et pour l'art seul. Qu'importe ce qui adviendra ! J'aimerais être Gluck !

– Gluck est mort.

– Eh bien j'aimerais mieux être Gluck mort que Berlioz vivant !

Il se jeta sur une plume, la trempa dans l'encrier et, d'une écriture fiévreuse, commença à rédiger une lettre à son père.

– C'est fait, brailla-t-il en cachetant l'enveloppe. À présent, le sort en est jeté !

Chaque jour, Berlioz retournait à la bibliothèque du Conservatoire où sa première apparition avait été si mouvementée. Il prenait grand soin de ne pas attirer l'attention, entrant discrètement par le passage réservé aux hommes, le gibus enfoncé jusqu'aux sourcils pour dissimuler son abondante crinière rousse. Il s'installait à l'écart, une pile de partitions posée devant lui, jetant des coups d'œil furtifs alentour.

Des heures durant, il s'enivrait des opéras de son bien-aimé Gluck. Depuis peu, il avait ajouté les symphonies de Beethoven à son panthéon, fasciné par les audaces harmoniques et rythmiques du grand maître allemand que l'on disait alors fini, blessé à mort par un drame secret[1]. Tandis qu'il suivait l'extraordinaire développement de l'allegro con brio de la *Symphonie héroïque*, martelant le temps d'un doigt énergique et chantonnant pour lui-même, il attira à son insu l'attention d'un jeune homme à quelques tables de là. Amusé, l'observateur se glissa près de lui.

1. Voir *La Symphonie du destin*, du même auteur, dans la même collection.

– Pardonnez-moi de vous interrompre, monsieur, mais il me semble que vous êtes celui qui, l'autre jour, a mis cet endroit sens dessus dessous...

Berlioz pâlit brusquement.

– Oh, n'ayez aucune crainte ! le rassura aussitôt l'étudiant. J'ai personnellement trouvé la scène fort divertissante. Je m'appelle Hyacinthe Gerono. Je n'apprécie guère cette vieille canaille de Cherubini. Je vous observe depuis un moment. Vous manifestez tant d'émotion à la lecture de cette partition que je me disais : voilà un homme comme l'aimerait mon maître, le chevalier Lesueur.

Berlioz crut avoir mal entendu.

– Quoi ? Vous êtes un élève de Lesueur ? Bienheureux mortel. Vous ne connaissez pas votre chance. Je n'ai qu'un rêve, celui de l'avoir pour professeur.

– C'est un excellent homme, aux idées très modernes. Il jure que Beethoven fera trembler le siècle.

– J'aimais Lesueur sans le connaître ! À présent, je le vénère !

– Êtes-vous compositeur ?

– Je me destine à le devenir, mais je suis assez rebelle à la théorie savante. Je suis en train de composer une cantate, intitulée *Le Cheval arabe*[1]. Mais je n'ai que trop conscience de mes lacunes.

– Je serais honoré de pouvoir vous présenter. Il consentira peut-être à vous admettre au

1. Œuvre perdue.

sein de sa classe. Apportez-lui votre cantate. Il aime juger sur pièces.

Jean-François Lesueur, compositeur de caractère aimable, vouait un goût prononcé aux mythes de l'Antiquité. Ses messes comme ses opéras déployaient un savant faste orchestral et une démesure scénique qui avaient aussi bien conquis la défunte reine Marie-Antoinette que Napoléon. Le nouveau roi lui témoignait admiration et estime et ce consensus marquait assez la valeur de son travail.

Introduit par Gerono, Berlioz n'en menait pas large en pénétrant dans les appartements du maître de musique. Il l'imaginait sous l'apparence d'un grognon académique, bardé de décorations comme un général victorieux. Il découvrit un petit homme simple, presque maigre, au museau chafouin et au cheveu grisonnant, qui le pria de s'asseoir avec un sourire amical.

– Ainsi, vous aimez Beethoven ? s'enquit le pédagogue.

– À la bibliothèque du Conservatoire, intervint Gerono avec malice, il n'a pas craint d'affronter Cherubini en personne. En entrant, on le remarque aisément : les symphonies sont entassées devant lui comme une pyramide.

– N'aimez-vous donc pas les Italiens, monsieur Berlioz ?

– Franchement, je les exècre, avoua le jeune musicien malgré sa crainte d'outrer le chevalier. Je ne peux réprimer ma fureur lorsque je vois qu'ils poussent hors de nos théâtres nos compositeurs nationaux.

La réponse amena un sourire sur le visage émacié de Lesueur qui, à maintes reprises, avait été personnellement confronté aux effets pernicieux de cette mode.

– C'est ainsi, dit-il. À Paris, on cherche ce qui brille, ce qui est facile. Donnez-moi ce que vous avez là.

– Ce ne sont que quelques essais que j'ai rassemblés pour l'occasion. J'ai en tête bien autre chose : une cantate relatant la traversée de la mer Rouge par le peuple d'Israël fuyant l'Égypte. J'avoue avoir une prédilection pour les sujets anciens. La Bible, Virgile, les poètes grecs... Je crois qu'ils sont une mine inépuisable à condition de les illustrer de manière moderne.

– Voici de nobles intentions.

– Je pense aussi que l'orchestre classique est désormais insuffisant à retranscrire les émotions puissantes. Je serais d'avis de doubler, voire de tripler les pupitres, d'ajouter des cuivres, et aussi des instruments exotiques pour obtenir des sonorités inédites.

Tandis que Berlioz s'emportait, laissant parler sa flamme, Lesueur feuilleta la partition, et un nouveau sourire passa sur ses lèvres, cette fois teinté d'un amusement bon enfant.

– Voulez-vous que je vous parle franchement, monsieur Berlioz ? Vous ne savez pas composer. Oh, vous ne manquez ni d'audace ni de chaleur. Mais vos fautes sont si nombreuses qu'il ne servirait à rien de les corriger.

Berlioz devint pâle comme un linge. Il avait espéré beaucoup de cette entrevue. Mais Lesueur ajouta aussitôt avec bonhomie :

– Gerono va vous instruire de quelques principes de base qui vous permettront de suivre mes leçons. Lorsque vous serez un peu dégrossi, revenez me voir et je vous prendrai parmi mes élèves.

– Au Conservatoire ? exulta Berlioz.

– Non pas. D'abord ici, chez moi. Ensuite nous verrons. Je vous salue, monsieur Berlioz. Vous me plaisez.

À la lecture de la lettre de son fils, le docteur Louis Berlioz crut rêver. Il se frappa sur le front et s'effondra dans son fauteuil.

– Eh bien mon ami, qu'y a-t-il ? s'alarma son épouse. Pourquoi ne poursuivez-vous pas la lecture ?

– Papa, continuez ! implorèrent Nanci et Adèle.

– Je ne puis. Votre frère est devenu fou. Il prétend abandonner ses études de médecine pour devenir compositeur.

Mme Berlioz leva les bras au ciel.

– Je vous l'avais bien dit ! Mais vous n'avez pas voulu m'écouter. Qu'espériez-vous ? Cette ville lui a tourné la tête et perverti son esprit.

Compositeur ! Voilà ce que je redoutais ! Artiste ! La proie de la débauche ! Autant dire que son âme est perdue. Il va boire, se mettre à jouer !

Le médecin ne répondit rien et partit s'enfermer dans son cabinet, en proie à une terrible déception. Puis il décida de prendre la plume. Non, il ne pouvait tolérer un tel égarement. Il fallait à tout prix remettre Hector dans le droit chemin. Pour cela, il n'existait qu'un seul moyen de pression...

Berlioz fut déçu par la menace de son père de lui retirer sa pension. Il avait espéré que lui au moins comprendrait la sincérité de son engagement. Pour autant, il n'était pas question de faire machine arrière. Il fréquentait désormais la maison de Lesueur avec d'autant plus d'assiduité qu'il y était reçu comme un fils. L'enseignement du chevalier se bornait parfois à de longues promenades sur les berges de la Seine ou au Champ-de-Mars.

– De mes élèves, vous êtes assurément le plus acharné, lui lança-t-il un jour. Vos progrès en théorie sont tels que vous surclassez à présent M. Gerono.

– Je désire écrire des œuvres d'envergure, des œuvres colossales qui frapperont de stupeur les auditeurs. Les hommes s'arracheront les cheveux, les femmes perdront connaissance !

– Quel programme ! Votre *Messe Solennelle* est-elle achevée ?

– Certes ! Mais je crains de ne pouvoir réunir l'effectif vocal. Quant à la salle ! La moindre location est hors de prix.

– Trouvez les exécutants, je me charge de la salle. Je connais le maître de chapelle de l'église Saint-Roch. Je table qu'il me confiera son chœur, en prime !

Enchanté par cette perspective, Berlioz se mit rapidement en quête des musiciens nécessaires au concert. À force de démarches et de culot, il obtint la collaboration gratuite de l'orchestre de l'Opéra et de son chef, Valentino, qui avait des raisons de se ménager les faveurs de Lesueur. Au terme de ce marathon, Berlioz put écrire triomphalement à son père :

J'aurai deux cents musiciens et choristes !

Hélas, le jour de la première répétition, en décembre 1824, trente chanteurs seulement et une douzaine d'instrumentistes se présentèrent. Les parties étaient si mal copiées qu'il fallut interrompre les répétitions et chacun rentra chez soi. Berlioz fulminait. Lui qui avait voulu impressionner ses parents par ce coup d'éclat, l'opération était manquée. La nouvelle du désastre arriva jusqu'à leurs oreilles, et il dut courber l'échine sous les remontrances acerbes.

Son œuvre existait, certes. Le peu qu'il en avait entendu l'avait d'ailleurs convaincu qu'elle était truffée de défauts. Il décida d'adjoindre de nouvelles parties, d'en réécrire d'autres.

Satisfait de cette mouture, il décida de tenter à nouveau sa chance. Mais pour monter l'œuvre dans des conditions correctes – et parfaitement sûres – il fallait mettre la main à la poche. Il estimait la dépense à mille cinq cents francs. Où trouver pareille somme ? Elle correspondait à une année de pension parentale.

Traînant son spleen, Berlioz allait tristement par les rues du Quartier latin, ne souffrant même plus la compagnie de son cousin Alphonse qu'il jugeait décidément trop sérieux. Il n'était pas si simple de devenir compositeur dans ce Paris où les rumeurs de coup d'État grondaient avec insistance. Il croisa une bande d'étudiants activistes poursuivie par la police et n'eut que le temps de se réfugier sous un porche. Un coup de feu éclata.

– Les chiens ! s'exclama Berlioz indigné, ils leur tirent dessus !

L'Opéra était encore le lieu le plus sûr.

Un soir que Berlioz ruminait son désespoir dans un coin du foyer, un jeune homme de sa connaissance du nom d'Augustin du Pons, dilettante fortuné, se précipita sur lui :

– Berlioz ! Moi qui désirais vous rencontrer ! Quand espérez-vous redonner votre *Messe Solennelle*, dites-moi ?

Hector se laissa aller à un rire amer :

– Jamais, à ce qu'il semblerait.

– Je me trouvais à cette malheureuse répétition avortée. Ce que j'en ai entendu ne laisse aucun doute : cette œuvre est pleine de qualités.

– Je partage modérément votre avis, du Pons. Elle accusait de graves défauts.

– Qu'attendez-vous pour la travailler et la donner en concert, alors ?

– Votre belle insouciance fait plaisir à entendre. Dites-moi comment payer des musiciens qui ne feront pas faux bond au dernier moment, des copistes dignes de ce nom, un chef attentif ? Imaginez-vous que j'en suis réduit à taper ! J'ai osé écrire à Chateaubriand, mon idole, oui monsieur, qui clame si fort dans les journaux qu'il ne songe qu'à venir en aide à l'art nouveau ! Suis-je donc naïf ! J'aurais dû comprendre que ses propos n'avaient d'autre but que servir sa publicité, fort mensongère, vous l'admettrez, puisqu'il m'a poliment refusé.

– Laissez cela, Berlioz. J'ai quelque argent, vous le savez. Combien voulez-vous ? Mille ? Quinze cents ? Deux mille ? Je peux vous les prêter.

Berlioz roula des yeux.

– Parlez-vous sérieusement ?

– On ne peut plus sérieusement.

– Alors douze cents me suffiraient. Et sur mon honneur je m'engage à vous les rembourser jusqu'au dernier sou.

– Rien ne presse. Venez chez moi demain. Nous engagerons l'orchestre et le chœur de l'Opéra, ainsi que Valentino. Cette fois il sera content, vous serez content et, sacrebleu, il faut que cela marche !

Fou de joie, Berlioz n'osait croire en cette

chance inespérée. Du Pons était fou, cela ne faisait pas l'ombre d'un doute ! Peu importait. Le jeune homme se mit en campagne avec fougue. Derechef, le maître de chapelle de Saint-Roch prêta son église, Valentino et les musiciens leur concours. *Le Corsaire* – où Berlioz, introduit par Thomas Gounet, publiait régulièrement des articles au vitriol – annonça l'événement à grand renfort de manchettes. L'information fut reprise par des organes de presse plus importants et la « Messe solennelle de l'élève du Chevalier Lesueur » attira une foule importante en ce mois de juillet 1825.

Le succès obtenu ravit le compositeur et son mécène. À l'audition de son œuvre, Berlioz fut saisi d'une véritable crise de nerfs, tortillant ses rouflaquettes et se griffant le visage, si bien qu'à la pause Valentino lui demanda, exaspéré :

– À la fin, vous tiendrez-vous tranquille ? Vous me faites perdre la tête !

À l'issue de la représentation, le jeune compositeur fut entouré, félicité. Lesueur le prit dans ses bras avec une émotion non dissimulée :

– Venez que je vous embrasse. Décidément, vous n'êtes pas fait pour devenir médecin ou apothicaire, mais bien musicien. Vous avez du génie, je vous le dis…

Il ajouta plus discrètement :

– … Mais selon votre mauvaise habitude, vous mettez trop de notes !

LA MALÉDICTION

La Côte-Saint-André, été 1825

Le docteur Berlioz s'était juré d'afficher la plus glaciale intransigeance dès l'arrivée d'Hector. Pourtant, quand il le vit sauter de la diligence pour courir dans ses bras, son cœur de père chancela et il ne put réprimer une émotion longuement contenue. Quatre années s'étaient écoulées depuis que son fils avait quitté le foyer familial. Il avait beaucoup changé. Famélique comme un chat de gouttière, son visage creusé témoignait des privations qu'il s'imposait pour son art. Sa tignasse indisciplinée, plus abondante et rousse que jamais, contrastait avec son teint blême. Mais quel feu ardent dans ses yeux, quelle énergie farouche dans le pli de sa lèvre.

– Mon fils, tu nous as tant manqué.

– Père, vos dernières lettres m'ont brisé le cœur, je voudrais...

– Laissons cela pour l'instant, je t'en prie. Viens, la voiture attend.

En revoyant les paysages pittoresques qui avaient enchanté son enfance, Berlioz conçut un sentiment mitigé, où la nostalgie le disputait à l'amusement. La Côte apparut au détour de la route poussiéreuse et il s'exclama :

– Grand Dieu ! Je n'avais pas souvenir que le village fût si petit !

La maison parentale se dressait comme naguère, au bout de la rue pentue. Son cœur battit plus fort, mais le bonheur des retrouvailles attendues s'estompa brutalement.

– Bonjour, mère.

Mme Berlioz consentit à ce qu'il dépose un baiser respectueux sur sa joue, mais son attitude glaciale ne l'incita pas à davantage d'effusions. De même Nanci répondit à peine à ses manifestations de tendresse. Il devina qu'elle obéissait à quelque consigne. Seule Adèle était trop curieuse d'entendre les derniers potins de Paris pour contenir son impatience. Elle le fêta et commença à le harceler de questions sur la manière dont les dames de la capitale s'habillaient. Le docteur Berlioz interrompit son babil :

– Un instant, ma fille. Nous avons un point à discuter autrement plus pressant. Hector, je t'ai amplement écrit pour te signifier mon désaccord sur le chemin que tu désires suivre. Il convient de te dire, mais tu t'en doutais sûrement, que nous n'avons nulle intention de te renvoyer à Paris.

Berlioz devint livide.

– Comment ? Mais père, j'y suis attendu ! Ne vous ai-je pas assez répété que Lesueur me donnait des cours et qu'il me tenait en haute estime ? Que ma première œuvre, ma *Messe Solennelle*, a remporté un triomphe ? Que j'espère la donner aux Invalides ?

– Comment entends-tu rembourser les mille deux cents francs que cette folie t'a coûté ?

Le jeune homme marqua le coup. Il avait pourtant pris mille précautions pour que la tractation ne s'ébruite pas.

– Sou après sou, père, et j'ai déjà commencé. Mais puis-je vous demander de quelle manière vous avez été mis au courant ?

– Figure-toi que ton camarade du Pons, qui a eu l'obligeance de te prêter la somme, a cru opportun de nous demander d'honorer ta dette, ému par les sacrifices que tu t'imposais. Ce que je suis bien obligé de faire, car tu sais que je suis pointilleux sur le sens de l'honneur. Imagines-tu dans quel embarras tu nous mets ?

– Il a agi par amitié. Je ne désirais pas vous mêler à cette affaire.

– À présent, il est trop tard. Te rends-tu compte de l'énormité de la somme ?

– Il me fallait ce coup d'éclat ! Il était nécessaire. Paris ne s'offre pas ainsi à un jeune compositeur inconnu, même doué. Car je vous l'affirme. J'ai du talent. Non, plutôt, car en somme le talent n'est rien, j'ai du génie.

Mme Berlioz qui trépignait d'impatience ne put en écouter davantage :

– Mon ami, je sens que je vais devenir folle ! Expliquez à votre fils à quels tourments il s'expose en s'obstinant dans sa voie, dans cette vie et dans l'autre ! Dans l'autre surtout !

Et sur ces paroles, elle quitta la pièce.

– Tu ne retourneras pas à Paris, réaffirma le docteur Berlioz. Et tu continueras tes études de médecine. À Lyon ou Grenoble, peu importe. Ta mère a beau jeu à présent, de m'accabler de reproches.

– Navré, père, je ne serai pas médecin.

– Hector !

Désespéré, le jeune homme monta dans sa chambre et s'y enferma. En passant ses vacances d'été à la Côte, il avait espéré fléchir l'intransigeance de ses parents en plaidant sa cause. Il venait de comprendre son erreur. La porte de la prison, imprudemment franchie, s'était refermée sur lui.

L'idée de ne pas revoir la capitale, de renoncer à tous les projets qu'il avait caressés, assombrirent son esprit au point de lui couper l'appétit et le sommeil. Des jours entiers, il déambula dans les champs, cherchant un espoir auquel se raccrocher. Rien. Le néant. Son existence était désormais dépourvue de sens. Il n'imaginait pas un instant poursuivre sa vie ici, dans cette province qu'il qualifiait maintenant d'arriérée. Abandonner la musique ? Jamais. Adèle tentait bien de le distraire, mais le cœur n'y était pas. Il desserrait à peine les dents.

Septembre arriva. Le docteur Berlioz commença à s'alarmer de l'état de son fils, qui n'était plus qu'une ombre efflanquée, un somnambule hagard. Il se laissait mourir, miné par un chagrin irrémédiable. N'y tenant plus, le médecin vint un matin de bonne heure le secouer par l'épaule :

– Lève-toi, nous avons à parler.

Hector enfila ses vêtements sans hâte et le rejoignit dans son cabinet, s'attendant avec résignation à subir un nouvel assaut de reproches.

– Mon fils, après plusieurs nuits passées sans dormir, j'ai pris mon parti. Je consens à ce que tu retournes à Paris pour que tu y poursuives tes études de musique.

Le jeune homme se redressa comme sous l'effet d'une décharge électrique.

– Mais pour quelque temps seulement, se hâta de préciser le docteur Berlioz, suffisamment je l'espère pour que tu te rendes compte de ton erreur. Tu sais ce que je pense des artistes médiocres et je n'en voudrais pas un dans ma famille. Aussi, promets que...

Hector sauta au cou de son père :

– Je promets ce que vous voudrez et vous n'aurez pas à rougir de moi, je vous l'assure. Ah père, vous me rendez la vie ! Je ne peux vivre sans musique, elle me ronge l'âme, me dévore la chair et les os. Ne sentez-vous pas ce qui court dans mes veines ? Non pas le sang ! Mais la musique ! La musique !

– Allons, allons, modère-toi ! Toujours aussi emporté... Un problème subsiste. Ta mère, ainsi que tu le sais, ne partage pas mes vues. Aussi, il faudra conserver notre accord secret.

Tu partiras sans bruit, et je m'arrangerai ensuite pour lui expliquer la situation et amortir le choc.

En sortant du cabinet, Hector rayonnait de joie. Adèle, en le croisant par hasard dans le couloir, ne manqua pas de remarquer son spectaculaire changement d'attitude.

– Que se passe-t-il donc ? Dis-moi, dis-moi vite !

– Non. Je ne peux pas. C'est un secret.

– Hector, voyons ! Je t'ai toujours soutenu, au contraire de Nanci qui ne cesse de prendre le parti de maman.

– Oui, ma bonne Adèle, je sais cela. Et tes lettres m'ont souvent réconforté quand j'avais l'impression d'être au fond d'un trou. Soit. Mais je t'en conjure pas un mot ! Ah, j'ai le corps et l'esprit en feu. Promets ! Jure !

– Je jure, mais quoi donc ?

– Je pars. Papa y consent. Mais cela doit rester secret.

– C'est merveilleux ! Je suis heureuse pour toi. Motus et bouche cousue. Tu me connais !

– Que trop ! la railla Hector. Mais bah, je t'aime. Ce matin, j'aime la Création entière !

Il lui donna un baiser sonore et s'enfuit comme un fou.

Mais son emportement était trop visible pour ne pas éveiller les soupçons de Mme Berlioz. Au déjeuner suivant, observant tour à tour les mimiques d'Adèle, le sourire béat d'Hector et l'air absent de son mari, elle arriva vite à la conclusion qu'une affaire s'était nouée à son insu. Le soir même, elle chercha à prendre son fils à part. Celui-ci, redoutant l'orage qui couvait, préféra s'enfermer à double tour dans sa chambre. Mais un instant plus tard, des coups impérieux étaient frappés au battant.

– Ouvrez Hector, c'est votre mère !

Le jeune homme ne put qu'obtempérer. Mme Berlioz entra, l'œil étincelant, dans un état d'excitation indescriptible.

– Votre père a eu la faiblesse de vous céder. Il favorise vos coupables projets. Je... Je m'oppose formellement à votre départ !

– Mère, je vous en prie.

– Oui je m'y oppose et vous conjure de ne pas persister dans votre folie !

Dans un mouvement dramatique, elle tomba à genoux les mains jointes :

– Là, vous voyez ! Moi, votre mère, je vous supplie et m'humilie devant vous.

– Je vous en conjure, permettez que je vous relève ! C'est par trop ridicule !

– Non, je reste ainsi. Je reste ainsi !

Hector considéra la situation avec embarras, puis prit le parti de s'en détacher. Outragée, Mme Berlioz se redressa :

– Alors voilà ? Tu me refuses ? Tu peux, sans te laisser fléchir, voir ta mère à tes pieds ? Eh bien pars ! Va te traîner dans la fange, déshonore notre nom ! Tu me feras mourir de chagrin et de honte. Je quitte cette maison sur-le-champ et n'y reviendrai que lorsque tu en seras parti. Entends bien ceci, mon fils, je te maudis ! Oui, je te maudis !

Sur ces mots, elle demanda aux domestiques de préparer son bagage et d'atteler la voiture. Le docteur Berlioz, sorti en hâte de son cabinet, ne put que constater sa fugue.

– Qu'est-ce qui lui prend encore ?

Hector lui raconta la scène.

– Je suis navré, papa, c'est de ma faute.

Le médecin haussa les épaules, fataliste.

– Elle n'ira pas loin. Elle n'a guère d'endroits où aller.

Le jour tant attendu pour Berlioz arriva. Le médecin avait bien tenté de réconcilier la mère et le fils avant le départ, mais rien n'y avait fait. Hector osa une dernière tentative. Mais Mme Berlioz, qui avait trouvé refuge dans leur maison de campagne, prit dès son approche la fuite à travers champs. Le jeune homme remonta dans la voiture, le cœur lourd. Il frappa sur le toit avec le pommeau de sa canne :

– Retournons, cocher. Je dois prendre la diligence pour Paris.

Il eut le pressentiment que la malédiction l'accompagnerait toute sa vie...

OPHÉLIE

Paris, 1826-1828

Berlioz contempla avec convoitise la pelisse à col de renard qui trônait dans la vitrine. Cette année encore, l'hiver s'annonçait des plus rigoureux. Déjà, l'humidité de novembre perçait les vêtements élimés du musicien et ses chaussures amincies par l'usage. Mais le prix affiché dépassait ses maigres ressources. Une pluie froide se mit à tomber, vernissant la rue de Rivoli. Berlioz remonta son col en frissonnant et passa son chemin.

Il n'avait plus un sou vaillant. Il avait faim. Il était glacé. Depuis des mois, il se débattait dans une misère sordide. À force de sacrifices, il avait remboursé près de la moitié de sa dette à du Pons, l'autre ayant été acquittée par son père. Mais à présent, il manquait de tout. Cette lutte quotidienne pour la simple survie le laissait exsangue, souvent malade et incapable de trouver l'inspiration.

Il continuait à se perfectionner, pourtant. Grâce à Lesueur, il avait obtenu une place dans la classe d'harmonie du Conservatoire – malgré la mauvaise grâce de son directeur, Cherubini, qui ne se souvenait que trop de ce rouquin effronté qui l'avait naguère défié. Son maître l'avait convaincu de s'inscrire au prix de Rome que patronnait l'Institut. Chaque année au mois de juin, ce concours réputé offrait sa chance à un jeune compositeur. Hélas, il avait lamentablement échoué aux éliminatoires.

Aucun espoir d'améliorer sa situation ne se profilait à l'horizon. De plus, ses piètres résultats avaient incité son père, plus que jamais convaincu qu'il poursuivait une chimère, à réduire sa pension au minimum. En dépit des difficultés, Berlioz demeurait intraitable, préférant mourir de faim plutôt que s'avouer vaincu. Il gagnait quelques francs en donnant des leçons de flûte ou de guitare, quelques autres en écrivant des critiques musicales dans les journaux où sa plume brillante, incisive, commençait à faire parler d'elle.

Ce soir, il chantait dans le chœur d'un théâtre de boulevard. Il avait une piètre voix, mais savait déchiffrer à vue. Le modeste traitement permettait de payer la misérable soupente où il vivait seul. Il pénétra rapidement par l'entrée des artistes, se fit houspiller par le régisseur, se hâta d'enfiler son ridicule costume de scène et se mêla de justesse au reste de la troupe qui entonnait déjà « Bon voyage, monsieur Dumollet ! »

Lorsqu'il rentra chez lui deux heures plus tard, tremblant de fièvre, il eut encore l'énergie de s'asseoir devant sa table de travail pour noircir une liasse de devoirs musicaux.

– L'an prochain, murmura-t-il, je décrocherai ce maudit prix de Rome et alors, je serai sauvé.

Il rêva à la pension confortable, à la possibilité d'étudier en Italie, à l'entrée gratuite des théâtres, et tant d'autres privilèges qui étaient dévolus à l'heureux lauréat. Il rêva aussi que son père lui pardonnait, que sa mère… Il rêva tant que la plume lui échappa des mains et, piquant du nez sur la partition, il s'endormit avec un ronflement sonore.

Juillet 1827

– Feux et tonnerres ! Qu'ils aillent au diable ! Tous des singes !

Berlioz quitta avec fureur l'auguste bâtiment de l'Institut. Pour la deuxième fois, il avait échoué. Le sourcilleux jury du prix de Rome, présidé par Luigi Cherubini, trop heureux de prendre sa revanche, ne lui avait laissé aucune chance. Pourtant, le jeune compositeur avait trouvé dans le sujet imposé, « Orphée déchiré par les bacchantes », matière à déchaîner son imagination. Mais sa cantate avait été déclarée injouable. Pingard, le brave concierge, lui lança en le voyant passer :

– Eh bien, monsieur Berlioz, quelles nouvelles ?

– Ces vieux barbons ! Ces jean-foutre ! J'aimerais en tenir un pour taper sur l'autre, et alors, je... je...

Il s'étrangla et se mit à tousser si violemment qu'il dut un instant s'adosser à un mur.

– Monsieur Berlioz, ça ne va pas bien ?

– Si, si, mon bon Pingard ! Ce n'est rien. À l'an prochain ! Je jure que je reviendrai.

Sa gorge le brûlait. Sans doute la tension nerveuse de ces derniers jours, la rage provoquée par un échec qu'il jugeait injuste. Il se hâta de rentrer et se coucha. Mais son mal empirait d'heure en heure. À peine s'il pouvait avaler une gorgée d'eau. La fièvre lui donnait des frissons. Il tâta sa gorge, sentit sous ses doigts une grosseur qu'il identifia, fort de ses notions de médecine, comme étant un abcès. Il se leva en tremblant, considéra son visage hâve dans le miroir décoloré.

– Finissons-en ! À quoi bon ! Personne ne veut m'entendre.

Il s'empara d'un canif qu'il désinfecta à la flamme d'une bougie. D'un geste sec, il enfonça la lame... La douleur le submergea et il perdit conscience. À son réveil, il fut presque étonné de se trouver encore en vie. La fièvre s'était dissipée. Il avait percé l'abcès avec une précision qui tenait du miracle. Il se confectionna rapidement un pansement qu'il appliqua sur la plaie.

« Mon père serait fier de moi, songea-t-il. La médecine m'aura servi à quelque chose. »

– Quel est donc ce *Hamlet* de Shakespeare qui est donné par une troupe anglaise ce soir à l'Odéon ? demanda négligemment Balzac en déchiffrant une affiche fraîchement collée sur la devanture.

– L'œuvre d'un poète, répondit Alfred de Vigny, tiré de sa torpeur.

– D'un inconnu, maugréa Hugo en remettant une mèche.

– Plutôt d'un tragédien grandiose, précisa Berlioz, mélancolique, le menton appuyé dans la paume de sa main. Grandiose et ignoré dans notre maudit pays.

Au *Café Cardinal* où il retrouvait régulièrement ses amis, les « Jeune-France », l'ambiance était ce soir-là morose. Pour la forme, chacun avait bien commenté en termes acides l'actualité politique, brocardé la censure et la répression policière qui s'exerçaient partout. Puis la discussion s'était progressivement éteinte dans la fumée indolente du tabac.

– Shakespeare n'a malheureusement pas eu l'honneur de la traduction française ! poursuivit Berlioz d'un ton de plus en plus virulent qui eut le mérite de réveiller ses compagnons. Ici, on peut bien charcuter Mozart, défigurer Beethoven et adorer cette canaille de Rossini, mais non perdre son temps à traduire ce géant alors qu'il l'est en Allemagne depuis trente ans ! C'est comme le *Faust* de Goethe ! Si notre ami Gérard de Nerval n'avait pris soin de le révéler, pensez-vous un instant que nos beaux censeurs de l'Institut y auraient songé ? Non, cent fois non ! Mais le plus inepte de nos rimeurs est encensé dans les gazettes !

Dumas, Hugo, Balzac, s'étaient redressés, gagnés progressivement par la ferveur de leur compagnon. Comme lui, ils s'exaltaient de ce qui était nouveau et leur semblait un pied de nez au régime royaliste. Ils s'enivraient des auteurs anglais tels que Byron ou Walter Scott. Les guerres impitoyables et les amours tragiques sur fond d'éléments déchaînés, voilà qui enflammait leur imagination avide.

– Il a raison ! lança le peintre Delacroix, en gribouillant sur un coin de nappe. À Londres, Shakespeare est vénéré comme un dieu. Quel sort Paris fera à son *Hamlet*, je serais curieux de le savoir.

– Plutôt que des paroles, mieux vaut des actes, proclama Berlioz. Secouons-nous ! En partant maintenant, nous arriverons pour le lever de rideau.

La représentation n'avait pas attiré foule. L'obstacle de la langue, l'ignorance du public parisien, rendirent aisé l'accès aux loges. Les jeunes enthousiastes s'y entassèrent avec leur gouaille habituelle. Mais à peine le rideau levé, ils se turent, saisis de stupeur devant le décor sinistre, la brume, la vision fantastique de ce château danois où se tramaient les complots les plus sombres, où les fantômes erraient sur les remparts. Le serment d'Hamlet de venger son père assassiné en se faisant passer pour fou provoqua chez Berlioz une exaltation qui le fit griffer son siège. Il n'était pas une réplique qui ne lui inspirât un frisson… bien qu'il ne comprît l'anglais que fort mal.

Son émotion atteignit son comble lorsque le personnage d'Ophélie apparut, fiancée sublime, vouée au destin tragique des vierges innocentes. L'actrice irlandaise Harriet Smithson était d'une beauté irréelle, drapée de voiles vaporeux, les cheveux défaits. Elle incarnait la détresse même de l'amour repoussé, et lorsqu'elle joua la scène de la noyade, on eût dit un roseau qu'emportait le courant.

Berlioz crut que son cœur allait s'arrêter de battre. Ses larmes coulaient. Il sortit du théâtre comme dans un rêve.

Il quitta ses camarades, hagard et débraillé, et erra à travers Paris dans un état second. Il oublia le temps qui passait, il négligea le boire et le manger, et dormit là où son harassement fléchissait ses jambes. Shakespeare. Ophélie. Harriet Smithson. Rêve et réalité se confondaient dans son esprit en feu, l'entraînant au bord de la démence. Il ne reprit ses esprits qu'à l'aube du troisième jour, dans un champ en face de l'île de la Grande Jatte, sans trop savoir comment il avait atterri là. Il se dressa sur son séant, se gratta la tête et réalisa la faim qui tenaillait son ventre. Il déjeuna, puis acheta un quotidien vendu à la criée.

Il fourragea parmi les feuillets, trouva la page artistique. En apprenant que la même troupe donnait *Roméo et Juliette*, il jeta le journal et se précipita derechef à l'Odéon, diable hirsute à barbe rouge, au costume sale et malodorant. Cette fois, la salle était pleine. Le nom de Shakespeare avait éclaté comme un coup de tonnerre dans le ciel culturel parisien. Quand Harriet Smithson parut dans son nouveau rôle, touchante de grâce et de fragilité, le musicien chavira encore :

– Ah ! Juliette ! Ophélie ! murmura-t-il. Je vous aime !

Par sa grâce, sa lumineuse beauté qu'elle mettait au service d'un réel talent dramatique, Harriet Smithson avait conquis en quelques jours le public. À vingt-sept ans, elle pouvait savourer son triomphe. Une horde d'admirateurs empressés assiégeait chaque soir sa loge après la représentation. Son nom s'étalait à la une des gazettes, qui ne trouvaient pas de qualificatifs assez forts pour saluer ses prestations. Les mauvaises langues lui prêtaient une multitude d'aventures sentimentales, auxquelles Berlioz ne croyait guère. Ophélie était pure. Juliette était innocente. Seul parmi tous, il était persuadé de lire au fond de l'âme de celle qui désormais ne quittait plus ses pensées.

Comment, parmi le flot de soupirants, attirer le regard de cette étoile inaccessible ? Berlioz n'avait qu'une arme : sa musique. Il sortit de ses tiroirs deux ouvertures qu'il avait récemment composées, *Waverley* et *Les Francs-Juges*. Il ajouta sa cantate refusée sur *Orphée* et, armé de ce bagage, courut démarcher l'orchestre de l'Opéra pour donner un concert de ses œuvres. Il espérait ainsi attirer l'attention. Il parvint à persuader les musiciens pour une bouchée de pain et, toute honte bue, rendit visite au redoutable Cherubini pour obtenir l'autorisation d'utiliser la salle du Conservatoire. Le vieux compositeur, revanchard, ne se priva pas du plaisir de le faire lanterner.

– Comment, méssié Berlioz ? Un concert dans ma salle ? Zé né pé pas décider seul. Il faut voir avec lé surintendant des Beaux-Arts attaché à la cour royale !

– J'ai déjà l'accord de M. le surintendant.

– Quoi ? s'étonna l'Italien. Il y consent ?

– Oui, monsieur. Il m'a pris en sympathie.

– Mais moi, zé né consens pas ! vitupéra Cherubini. Zé né consens pas du tout, et même zé m'y oppose ! En plus qué pouvez-vous bien donner à entendre ?

– Deux ouvertures ainsi que la cantate *Orphée déchiré par les bacchantes*...

– Zé connais votre musique ! Elle n'est pas bonne. Truffée de grossièretés dé toutes sortes ! Et la cantate par-déssus lé marché ? La cantate qué zé réfusé au concours ? Zamais !

– Bien ! rétorqua sèchement Berlioz. Dans ces conditions, je vais écrire à M. le surintendant pour l'informer de vos raisons. À n'en pas douter, il jugera votre décision regrettable.

– Vous allez écrire ?

– J'aurai cet honneur.

– Pour de bon ?

Fin diplomate, Cherubini savait qu'il ne gagnerait rien à s'aliéner la bienveillance du puissant personnage. Il saisit la plume, la trempa rageusement dans l'encrier et rédigea l'autorisation, qu'il tendit au bouillonnant musicien.

– La pesté soit de vous, Berlioz !

Le concert eut bien lieu au printemps suivant, mais hélas, la belle Irlandaise n'en entendit jamais parler. Pas plus qu'elle n'apprit le nom du jeune exalté qui guettait à chaque heure du jour et de la nuit ses allées et venues, allant même jusqu'à louer une chambre en face de la sienne. Elle n'ouvrit aucun de ses billets enflammés et s'effraya au point de demander à ses collègues acteurs d'éconduire l'indésirable.

Un jour, le compositeur ne put que constater avec désespoir qu'Ophélie était retournée en Angleterre.

– Ah, souffrance ! maugréa-t-il.

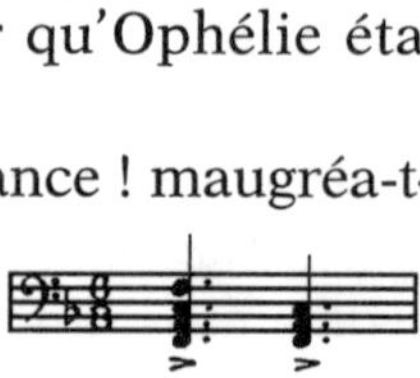

Été 1828

– Eh bien, monsieur Berlioz ? lança Pingard, le concierge de l'Institut. Dites vite ! Quelles nouvelles cette fois ? Comment étaient lunées nos vieilles barbes, cette année ?

Opiniâtre, Berlioz s'était présenté au prix de Rome pour la troisième fois, avec une nouvelle cantate intitulée *Herminie*. Il sortait tout juste de l'annonce des résultats, la mine renfrognée.

– J'ai le deuxième prix ! éclata-t-il. Le deuxième ! Et savez-vous la meilleure ? Ils n'en ont pas décerné de premier. Ces canailles, ils l'ont fait exprès.

– Pas de Grand Prix ?

– Parole ! Encore un coup de ce maudit Cherubini !

– Allez, c'est quand même une bonne nouvelle, monsieur Berlioz.

– Ce prix ne vaut rien. Pas un sou, pas un avantage, juste un diplôme. Mon bon Pingard, vous pouvez me croire : j'aurai ce premier prix. Je l'aurai, même si je dois me présenter jusqu'à ma mort. À l'an prochain.

– Je vous le souhaite, monsieur Berlioz. Je n'y connais rien en musique, mais vous le méritez !

– Je vous l'affirme, Pingard, vous seriez assurément meilleur juge que les imbéciles qui se pavanent là-haut.

Sur ces paroles amères, il planta son couvre-chef sur sa tête et partit se promener pour se calmer les nerfs. Ce deuxième prix ne valait pas grand-chose. Il permettait seulement de rassurer son père, et de le fléchir pour qu'il restaure sa pension. Composer ! Mais quoi ? Berlioz n'avait plus le cœur à rien depuis le départ d'Harriet Smithson. Sa vision l'obsédait nuit et jour, et lorsqu'il parcourait les textes de Shakespeare, récitant d'une voix tremblante d'émotion, il ne songeait qu'à elle, il n'entendait qu'elle.

Chaque minute de son existence était devenue une torture.

LA SYMPHONIE FANTASTIQUE

Paris, janvier 1830

– Quelle étrange idée le bon Dieu a-t-il eue de me faire naître en France ? Ce gros public parisien veut de la musique qui le berce ! Dans les situations les plus dramatiques, les plus extrêmes, rien ne doit troubler son oreille délicate, sa conscience avachie. Pas de rythmes insolites, pas d'harmonies extraordinaires, pas d'effets inattendus ! Ah, feux et tonnerres ! Que je peste contre cette tiédeur, cette mièvrerie ! Je veux écrire une grande œuvre, avec un orchestre énorme ! Je veux déchaîner un chaos babylonien !

Berlioz avala son énième verre de vin, claqua la langue, et son regard morose fit le tour de la table. Il parlait seul. Depuis longtemps ses amis l'avaient abandonné à ses sombres considérations.

– Que les faiseurs de notes aillent au diable ! poursuivit-il néanmoins. Et que l'enfer les engloutisse ! Et l'aube nouvelle ne verra se lever qu'un seul Dieu : Beethoven !

Le tenancier du *Café Cardinal* s'approcha timidement de lui.

– Monsieur Berlioz ! Pardonnez-moi, mais je dois fermer.

Le compositeur détailla l'importun avec étonnement.

– Quoi ?

– Je ferme.

– Dieu que je suis malheureux ! Je la déteste, je la méprise !

– Qui donc ?

– Harriet ! C'est la pire femme qui soit au monde ! Une sorcière ! Un démon !

– Je n'en doute pas un instant, monsieur Berlioz. Mais il serait temps que vous alliez vous coucher.

– Je n'ai pas sommeil.

Le tenancier savait s'y prendre avec les consommateurs éméchés. Il souleva gentiment le musicien sans que celui-ci s'en aperçût, le reconduisit jusqu'à la porte en feignant d'écouter ses divagations et, lui plantant son gibus sur le coin de l'oreille, le poussa sur le trottoir.

– Bonne année, monsieur Berlioz !

– Bonne année... Eh ! s'exclama le musicien. Mais ! Je... Vous m'avez mis dehors ! Gredin ! Bandit ! Jamais je ne remettrai les pieds chez vous !

Pour toute réponse, le tenancier abaissa son rideau. Abruti par la fatigue de ses nuits sans sommeil autant que par l'alcool, Berlioz se décida à rentrer. Remontant son col, il partit d'un pas chancelant. Il croisa de joyeux cortèges de noctambules non moins éméchés que lui.

– Bonne année ! Bonne année ! lui lança-t-on.

– Je vous maudis ! maugréa-t-il. Et pourquoi pas ? Je le suis moi-même. Pourquoi à mon tour ne mau… maudirais-je pas ?

Il tituba jusque chez lui, trébucha dans l'escalier et eut toutes les peines du monde à trouver le trou de la serrure avec sa clé. Un courant d'air glacial pénétrait dans la mansarde. Durant son absence, la fenêtre avait dû s'ouvrir. Comme il la refermait, son regard se porta machinalement sur l'immeuble d'en face. La chambre qu'avait occupée naguère sa bien-aimée était éteinte. Son cœur saigna. Il cogna son front contre la vitre.

– Je deviens fou ! songea-t-il.

Frissonnant, il ralluma le poêle. À la clarté de la chandelle prudemment économisée, il s'assit à son bureau et trempa sa plume dans l'encrier. Fiévreusement, il gratta le papier réglé. La mélodie s'envola, mélancolique et diffuse, comme émergeant des brumes de la mémoire… Il tenait son sujet. Un jeune poète s'éprend d'une femme idéale et succombe au délire de la passion avec ses fureurs, ses apaisements et ses larmes. Cette obsession, cette « idée fixe », le poursuit partout : dans ce bal étrange, peuplé de fantômes, ou dans ces montagnes ténébreuses hantées par le son des pipeaux de bergers invisibles. L'orage gronde et menace. Le poète dans son délire assassine la bien-aimée indigne de son amour. Il est conduit à l'échafaud dans un crépitement sec de tambours et une fanfare implacable... Le couperet tombe. Est-il mort ? Il assiste à ses propres funérailles menées par une sarabande de sorcières, au son de cloches funèbres et de gémissements infernaux. Et là, parmi les flammes, ne voit-il pas... Elle ! Elle encore. Elle toujours, mais sous les traits difformes et grotesques d'une sorcière se livrant aux pires débauches...

Avec la *Symphonie fantastique*, dont la composition s'étira jusqu'au mois d'avril, il crut s'affranchir de son impossible amour. D'autant qu'il venait de faire la connaissance d'une jeune pianiste de bonne famille, qui donnait des cours dans un collège de jeunes filles où lui-même enseignait la guitare. Elle s'appelait Camille Moke et son charme mutin attirait le regard. Elle avait des soupirants, mais les trouvait bien trop timides à son goût, si lents à passer aux actes... Elle n'eut qu'à sourire pour mettre au corps du musicien « tous les diables de l'enfer » ! Elle était son unique, son Ariel[1], ainsi qu'il la surnommait. Ensemble, ils résolurent de s'enfuir aux confins du monde, mais trouvèrent finalement dans une auberge de Vincennes le havre dont ils avaient besoin pour abriter leur dévorante passion.

Cette liaison donna à Berlioz une vigueur nouvelle. Il entreprit de tout faire pour donner la *Symphonie fantastique*. Son orchestration étincelante et révolutionnaire ne requérait pas

1. Esprit des airs dans *La Tempête*, pièce de William Shakespeare.

moins de cent trente exécutants. Berlioz finit par les obtenir, de même que l'autorisation pour donner son chef-d'œuvre au Théâtre des Nouveautés. Hélas, la scène s'avéra trop exiguë. En dépit des efforts du compositeur, du chef d'orchestre et des régisseurs dépassés, les pupitres resserrés, les copies imparfaites, et finalement la mauvaise humeur générale, coupèrent court à la tentative.

– Feux et tonnerres ! éclata Berlioz en quittant les lieux. Désormais, vous pourrez compter sur moi pour préparer en personne le matériel de mes répétitions !

– Bien le bonjour, monsieur Pingard ! Conduisez-moi dans ma cellule, je vous prie.

– Oh, monsieur Berlioz ! s'exclama le concierge de l'Institut en avisant l'infatigable candidat. Je pensais que vous ne viendriez plus.

Le mois de juin était là et, immanquablement, comme les années précédentes, Berlioz se présentait au concours de l'Institut. Sa serviette sous le bras, il suivit le concierge à travers les méandres du bâtiment jusqu'à l'une des pièces réservées aux candidats. Le concierge demanda sur un mode discret :

– Que leur préparez-vous cette fois ?

– Une cantate de ma façon : *Sardanapale* ! J'ai compris la leçon. Je donnerai à ces messieurs ce qu'ils désirent : du médiocre, du plat, du froid.

– Après tout !

Le bon Pingard referma la porte avec un clin d'œil.

– Si vous avez besoin de quoi que ce soit, n'hésitez pas...

L'épreuve étalée sur plusieurs jours laissait assez de temps au compositeur pour remuer ciel et terre en faveur de sa symphonie. Effrayés par sa nouveauté et ses proportions, la plupart des théâtres et des sociétés de concerts préférèrent s'en détourner. De plus, l'atmosphère qui régnait à Paris n'incitait guère aux distractions. La grogne au régime autoritaire et brutal de Charles X, le nouveau roi, s'étendait à la population entière. À nouveau des attroupements, à nouveau des charges de police, des coups de sifflets, quand ce n'était pas des coups de feu. Paris bouillonnait de colère contenue. Une émeute éclata jusque sous les murs de l'Institut, où Berlioz peaufinait sa cantate. Les soldats n'hésitaient pas à charger les manifestants, femmes et enfants, qui n'évitaient pas toujours les balles. Un peu partout, des barricades émergèrent spontanément. Apeuré, le roi abdiqua et s'enfuit, cédant la place à Philippe d'Orléans, dit Louis-Philippe, présenté comme plus libéral.

Le 21 août, dans un Paris apaisé, le jury de l'Institut déclara Hector Berlioz vainqueur. Selon l'usage, *Sardanapale* fut donnée en concert en présence d'un aréopage d'académiciens, sous la présidence de Cherubini. Malicieusement, le jeune homme avait rajouté à sa partition une scène finale cataclysmique qu'il n'avait pas soumise au concours et entendait bien infliger aux censeurs qui lui avaient si longtemps barré la route. Hélas, par maladresse ou entente tacite, les musiciens s'arrêtèrent avant, refusant de poursuivre, laissant Berlioz trépigner de frustration et briser son pupitre.

– Feux et tonnerres ! s'écria-t-il en quittant la salle.

Les avantages fournis par le prix venaient à point soulager sa situation catastrophique. Seule contrainte, il devait habiter quelque temps villa Médicis, à Rome, où les lauréats des différents concours se retrouvaient pour échanger des idées et composer ou écrire dans la tranquillité de ce cadre idyllique. Or l'idée de partir le déchirait. Il avait noué avec Camille Moke des liens si tendres qu'il songeait maintenant à l'épouser. L'image d'Ophélie s'était estompée au profit du joli minois d'Ariel. La mère avait donné un vague consentement. Berlioz était ravi. Il ne quittait plus la jeune fille. Un jour qu'ils se promenaient dans le jardin des Tuileries, il prit les mains de sa bien-aimée entre les siennes dans un geste théâtral :

– Je vous en conjure, Camille. Promettez-moi de rester fidèle. Je vais bientôt devoir partir. Je ne peux repousser la date plus longtemps.

– Comme c'est triste ! répondit Camille d'un

ton distrait en s'asseyant sur le rebord d'un bassin gelé où s'égaillaient des canards. Oh, regardez celui-ci, comme il est drôle, avec son bec en l'air. Il vous ressemble !

– Eh quoi ? C'est tout ? Imaginez ce que je vais souffrir, loin de vous, entouré d'étrangers ! Mille soleils d'Italie ne sauraient valoir un seul de vos regards. J'ai essayé en vain d'obtenir une dérogation du ministre. Il ne veut rien entendre. Ni larmes ni prières ne peuvent adoucir le cœur de ces fonctionnaires ! Quel sort cruel !

Camille lança quelques miettes d'un biscuit qu'elle grignotait. Les canards patinèrent pour s'approprier la nourriture, ce qui la fit rire aux éclats.

– Vous ne devez pas vous dérober à vos obligations, Hector. Là, mes petits ! Là ! Quelle bataille !

Berlioz soupira :

– On dirait que mon sort ne vous touche guère.

– Qu'allez-vous imaginer ? Ne sommes-nous pas fiancés ?

– Bien sûr, mais...

– Hector, mon ami, partez sans crainte. Mon cœur vous appartient pour toujours.

– Vrai ? Vous m'aimez ! Mon Ariel ! Je vous aime comme je n'ai jamais aimé personne. Ah, je brûle, je me consume. Je meurs ! Me jurez-vous fidélité ?

– Ne me bousculez pas de la sorte ! Voyez ! J'ai laissé tomber mon biscuit.

– Au diable votre biscuit ! Jurez !

– Je jure.

– Alors c'est dit. Je dois suivre mon destin. D'ailleurs mes malles sont prêtes. Mais je ne partirai pas avant d'avoir fait connaître au monde ma *Symphonie fantastique*. Et c'est pour bientôt.

Le 5 décembre 1830, dans la salle du Conservatoire, les cent trente musiciens requis prirent place sur scène. Pour assurer le succès de la représentation et ménager la bourse de l'auteur, ils avaient accepté de renoncer à leur cachet. De mauvaise grâce, Luigi Cherubini avait prêté la salle – ne pouvant rien refuser à un Grand Prix de Rome. Mais il décida de ne pas assister au concert et demeura ostensiblement en coulisses, boudeur et mécontent. À ceux qui lui en demandaient la raison, il répondit :

– Zé né tiens pas à savoir comment on né doit pas faire !

Le grand chef d'orchestre Habeneck dirigea avec talent, malgré l'insuffisance des répétitions. Derrière lui, Berlioz suivait en tremblant la partition, devant se contenir pour ne pas saisir la baguette et officier à sa place. L'impression produite fut considérable. Le public transporté se leva. Une clameur ébranla la salle.

Berlioz salua, triomphant. Dans la salle, un jeune homme de dix-neuf ans applaudissait à tout rompre. Élégant, un profil maigre accusé par des yeux perçants et de longs cheveux bruns, il manifestait bruyamment son enthousiasme. Il parvint à se frayer un passage jusqu'à Berlioz assiégé par un cercle de nouveaux admirateurs et lui serra la main avec chaleur.

– Vous méritez d'être connu dans l'Europe entière, lança-t-il. Je crois que la France n'est pas assez grande pour votre génie. Personne n'a rien osé de si novateur. Personne. Je crois que vous avez créé l'art de l'avenir, rien de moins. Je suis prêt, moi, à suivre cette voie et peu importe que les frileux braient comme des ânes.

– Êtes-vous compositeur ? demanda Berlioz dans la bousculade.

– Un jour, je le serai. Je m'appelle Franz Liszt. Pour l'heure, le piano fait ma gloire et ma fortune !

Berlioz avait entendu parler de ce virtuose hongrois hors du commun qui parcourait le monde en remportant des triomphes inimaginables.

– Obstinez-vous ! cria Berlioz. Seule l'obstination paie.

– Permettez que je vous invite à dîner chez moi, ce soir. J'y reçois quelques amis et vous m'honoreriez en acceptant.

– Tirez-moi de cette mêlée et je suis votre homme.

Les deux musiciens sympathisèrent immédiatement. Liszt avait un caractère franc et loyal. Malgré son jeune âge, il avait une grande expérience de l'existence, formée au fil de ses voyages. Il séjournait dans un appartement cossu des boulevards. Le Tout-Paris s'y rassemblait volontiers : artistes, politiciens et femmes du monde.

– En l'honneur de M. Berlioz, je vais vous jouer quelque chose, lança le prodige en s'installant au clavier d'un grand piano Pleyel.

De mémoire, il restitua les thèmes principaux de la symphonie, développant des variations proprement hallucinantes. Cette éblouissante démonstration laissa Berlioz pantois.

– Le diable si j'ai jamais entendu pareil phénomène ! Assurément, vous êtes le plus grand pianiste de ce temps.

Modestement, Liszt désigna un petit homme frêle au teint pâle qui demeurait rêveusement à l'écart, près du feu.

– Je partage alors cet honneur avec ce jeune Polonais qui vient juste d'arriver. Il se nomme Frédéric Chopin.

– Il n'est guère bavard.

– Hélas, les nouvelles de son pays ne sont pas bonnes. Là-bas aussi, il y a des troubles. Il craint pour les siens. Mais croyez-moi sur parole, il joue comme personne.

– Moi, je ne suis bon qu'à gratter la guitare ! reconnut Berlioz. Je n'ai jamais été un virtuose. Mais je me familiarise avec la direction d'orchestre. J'ai quelques idées neuves sur le sujet. Je crois que l'activité de chef doit devenir complémentaire pour tout compositeur digne de ce nom. Ainsi, elle lui permettra de veiller lui-même aux répétitions. Il ne faut laisser à personne d'autre le soin de mener à bien l'exécution de nos œuvres.

– Habeneck a remarquablement dirigé, cet après-midi, observa Liszt.

– C'était loin d'être parfait. Nombre de nuances ont été oubliées. Songez-y. L'avenir appartient aux compositeurs qui dirigeront leurs œuvres. La trahison, il n'y a rien de pire. Ah, mais pardonnez-moi. Ne dirait-on pas que j'ai cent ans ! Je parle comme un livre !

Le dîner fut excellent. Liszt se montra brillant et spirituel, finissant même par dérider Chopin. Les trois hommes restèrent longtemps à deviser sur leur art. La nuit se prolongea. Puis soudain Berlioz fut ramené à la réalité.

– Dieu ! Je dois partir pour Rome ! J'ai failli l'oublier. Adieu, messieurs ! Nous nous reverrons sûrement !

Il étreignit avec chaleur la main de ses nouveaux amis hilares et s'enfuit dans le petit matin.

RÉSURRECTIONS

Rome, 1831

– Eccola Roma[1], signore ! lança le cocher en pointant son fouet en direction du dôme de la basilique Saint-Pierre, qui rutilait dans la lumière finissante.

Rome, ville éternelle ! Ici, le Colisée où jadis s'affrontaient les gladiateurs, là le Forum où glissaient les ombres du crépuscule. Pourtant, Berlioz n'accorda à ces merveilles que le regard abattu d'un voyageur fourbu. Le navire qui l'avait conduit jusqu'à la côte italienne avait manqué sombrer corps et biens, victime d'une tempête et de l'incompétence de son capitaine. Ensuite avait commencé le voyage terrestre, inconfortable et ponctué de tracasseries administratives. Les autorités papales se méfiaient des Français, de leur propension à guillotiner les rois et fomenter des révolutions. Aussi ne leur délivraient-elles les autorisations qu'après moult palabres et chicaneries de toutes sortes.

Tant de déboires avaient refroidi la sympathie du musicien pour ce pays réputé hospitalier pour les artistes. De plus, ses pensées le

1. Voici Rome.

ramenaient sans cesse vers sa fiancée. Loin des yeux, loin du cœur... Camille l'attendrait-elle ? Durant ces quelques mois de séparation, résisterait-elle à la tentation de céder à un meilleur parti ? Il redoutait les manigances de sa mère, « l'Hippopotame » comme il la surnommait, esprit calculateur et hypocrite qu'il croyait capable de toutes les traîtrises.

Dans ces conditions, la villa Médicis, lieu enchanteur bordé de pins et de chênes, ne le dérida même pas. Dès son arrivée, il fut conduit au réfectoire où régnait un joyeux chahut. Il fut salué par un « hourra » à faire trembler les murs. Une forte colonie d'artistes français était là.

– C'est lui ! C'est Berlioz !

– Oh, cette tête !

– Ce nez ! En voilà un qui fera parler.

– Et ces cheveux de feu ! Un fier toupet !

– Embrassons-nous, et que le punch coule à flots en l'honneur du nouvel arrivant.

Berlioz se laissa houspiller sans mot dire. Malgré sa fatigue, il n'osa refuser d'accompagner ses compatriotes, peintres, auteurs ou compositeurs comme lui, au *Greco*, le café à la mode. Mais bien vite, dans les vapeurs de l'alcool et du tabac, son humeur sombre reprit le dessus. Il avait espéré des interlocuteurs compréhensifs, soucieux comme lui de révolutionner le monde des arts en général et celui de la musique en particulier. Il ne trouva à parler qu'à des tâcherons prenant la défense des conventions et des clichés à la mode qui lui faisaient horreur.

Quelques jours de ces fréquentations suffirent à le dégoûter et le tenter plus encore de retourner en France. Il consentait à perdre sa pension plutôt que poursuivre ainsi un séjour qui lui apportait si peu sur le plan musical et intellectuel. Les musées ne l'attiraient pas. Il demeurait hermétique aux beautés de l'architecture. Rome n'avait décidément pour lui aucune séduction. Par bonheur, la villa Médicis ouvrait ses portes aux visiteurs. Alors qu'il sombrait dans l'abattement le plus total, traînant sa mélancolie parmi les jardins, il fut accosté par un jeune dandy allemand, fin, distingué, de riche famille à en juger par les costumes sur mesure qu'il portait avec élégance.

– Vous êtes Berlioz ? Je suis Félix Mendelssohn...

Né à Hambourg, Mendelssohn jouissait d'un don mozartien pour la composition, qu'encourageait un milieu familial des plus aisés. Il avait poursuivi les meilleures études. Il aimait les voyages, le sport, la musique ancienne, en particulier Johann Sebastian Bach qu'il avait récemment donné à redécouvrir. Malgré ses vingt-deux ans, il avait déjà composé un octuor, de délicieuses symphonies pour cordes ainsi qu'une féerique ouverture sur *Le Songe d'une nuit d'été* de Shakespeare. Les deux jeunes gens eurent tôt fait de sympathiser.

– Shakespeare ! s'exclama Berlioz tandis qu'ils discouraient de sujets et d'autres. Vous connaissez Shakespeare ! Ah, monsieur, c'est un soulagement que d'entendre parler d'art véritable au milieu de cette basse-cour.

– Et moi, j'apprécie votre musique. Franz Liszt ne se prive pas de s'en faire l'écho. Il en propose des arrangements pour piano dans ses concerts...

– Vous connaissez Liszt ? Nous sommes devenus très proches et correspondons souvent. J'aime ses réflexions originales sur la musique. Il pourrait se contenter de ce qu'il est, un pur prodige ! Mais non, il poursuit un but bien plus noble. Une grande âme ! Voyez comme la seule évocation de son nom me touche. Ils ne sont pas si nombreux ceux que, sans l'ombre d'une hésitation, je puis nommer ainsi.

– Il paraît que vous lui avez fait connaître Goethe et Shakespeare ? Vous avez raison. La musique ne peut, ne doit s'abreuver qu'aux sources les plus pures.

Berlioz soupira de bien-être. Il y avait donc sur terre de tels êtres qui, méprisant les modes et la pensée vulgaire, savaient discerner l'essence de l'art. Il ne se sentit plus si seul et reprit espoir en ce séjour à Rome qu'il avait commencé de maudire.

– Quel malheur ! Il se fait déjà tard, et nous allons être appelés au réfectoire. Quand vous reverrai-je, Mendelssohn ?

– Pourquoi pas demain ? Je demeure à Rome un certain temps. Savez-vous monter à cheval, Berlioz ?

– À la vérité, je tiens à peine en selle.

Mendelssohn pouffa de rire et s'enquit sur le mode de la confidence :

– Que diriez-vous malgré tout d'un petit trot à travers les jardins de Rome demain ? J'ai dans l'idée que l'atmosphère de cette caserne académique vous pèse. Je vous tiendrai la bride.

– Je suis votre obligé, lança Berlioz en s'inclinant. Et si je tombe, ne riez pas trop fort, car je me vexe facilement.

Il ajouta à voix basse :

– Par tous les saints, vous me sauvez la vie.

La fréquentation d'un jeune homme aussi talentueux et cultivé que Mendelssohn rendit sa bonne humeur au Français. Tout en chevauchant, ils dissertaient sur la poésie et le théâtre, s'étonnant que telle ou telle œuvre n'ait pas été mise en musique. De si riches conversations enflammaient l'imagination de Berlioz qui rêvait d'un *Roi Lear*, d'un *Hamlet* ou d'un *Roméo et Juliette*...

Quand la chaleur était trop forte, ils restaient dans la fraîcheur des ombres de la villa Médicis. Parmi les pins, Mendelssohn composait presque sans arrêt, nullement dérangé par la présence de son aîné, qui admirait cette facilité naturelle avec un rien d'envie.

– Diable, soupira-t-il. Dire que je passe des semaines à hésiter, peser, pour finalement m'enliser dans d'innommables méandres d'harmonies dont, tout compte fait, je ne suis jamais satisfait. Donnez-moi votre secret !

Mendelssohn sourit en lui tendant une liasse de feuillets.

– Jetez un coup d'œil là-dessus. Je l'ai composé cette nuit.

Berlioz considéra le manuscrit, sidéré.

– *La Grotte de Fingal*[1] ? Une ouverture ? En une nuit ? Comptez sur moi pour la lire.

Malheureusement, l'angoisse envahissait de nouveau le Français. Camille ne daignait toujours pas écrire. Chaque jour, il guettait l'arrivée du courrier en vain. Quelque chose s'était produit, il le pressentait. N'y tenant plus, il monta dans le bureau du directeur, le sympathique Horace Vernet.

– Je pars ! annonça-t-il crûment. Je n'en peux plus. Je pars ! Il s'agit de ma fiancée. Elle n'écrit pas. Il est arrivé un malheur, c'est certain.

– Monsieur Berlioz, êtes-vous devenu fou ? Je comprends votre inquiétude, mais enfin, n'agissez pas sur un coup de tête. Si vous partiez, je devrais vous rayer de la liste des pensionnaires. Plus de pension, plus d'avantages, plus rien...

– Hélas, je suis au regret, monsieur, de ne pas vous entendre. Je pars sur-le-champ, sur l'heure, dans l'instant !

N'emportant que le strict nécessaire, il loua une voiture. Mais à Florence, il tomba malade et dut s'aliter dans une auberge une semaine entière. Le jour même où il se rétablit, il reçut une lettre de Mme Moke. Il redouta le pire. Il avait raison. D'un ton méprisant, elle lui annon-

1. Aussi appelée *Les Hébrides*.

çait le mariage de Camille avec Ignace Pleyel[1], le célèbre facteur de pianos.

Berlioz froissa la lettre de rage.

Le meurtre dans le cœur.

La voiture fonçait à toute allure sur la route de Nice. Berlioz remâchait son scénario de vengeance. Il avait acheté un flacon de poison, glissé deux pistolets dans sa ceinture. Dans sa malle, il avait plié un costume de femme de chambre qu'il avait demandé à une modiste de lui confectionner. Ainsi travesti, il ne doutait pas s'introduire au domicile de Mme Moke. Il imaginait la scène : lui se découvrant, pointant ses pistolets, elle, son mari et son ingrate fille, la parjure, pleurant et suppliant. Ensuite, il avalerait le poison et tout serait dit. C'était une fin assez théâtrale pour son goût.

Soudain, la voiture ralentit.

– Qu'est-ce donc ? s'écria Berlioz. C'est bien le moment ! Je suis pressé !

– Rien, monsieur ! répondit le cocher. Je dois vérifier le harnachement des chevaux. Cela ne durera qu'un instant.

Ne sachant comment tromper son impatience, le musicien descendit de voiture. Il flâna un instant sur la route puis, se penchant par-dessus le parapet, il scruta le gouffre. En bas, à travers l'écran des broussailles ondulait le langoureux flot émeraude. Pris de vertige, il porta

1. Lequel goûtera fort peu de temps ses noces, car il succombera quelques mois plus tard.

une main à son visage couvert de sueur. Là, à portée, la fin de tous les maux. Il tituba...

– Monsieur, nous allons repartir ! avertit le cocher.

Berlioz s'appuya au muret, près de la syncope.

– Eh, attention, vous allez tomber !

Le compositeur se remit d'aplomb et le rassura d'un geste.

– C'est fini. Cela va mieux.

Mourir pour une ingrate. Après tout, ne valait-il pas mieux continuer à vivre ? Il s'octroya quelques jours de congé à Nice, d'où il écrivit à Rome pour supplier Horace Vernet de lui conserver sa pension, l'assurant qu'il reprenait le chemin de l'institution. Il tint parole et retourna en Italie, le cœur troublé.

Paris, mai 1832

Berlioz revit la capitale avec un enthousiasme à peine tempéré par le spectacle inhabituel qui s'offrait à ses yeux. Les lieux publics étaient déserts, les boutiques fermées, les trottoirs vides. Depuis quelques semaines sévissait une épidémie de choléra. La mortalité était terrifiante. Des infirmiers ramassaient les cadavres bleuis abandonnés sous les porches pour les jeter dans des charrettes. À la hâte, on creusait des fosses communes et les vapeurs de chaux vive s'élevaient des cimetières. Les plus riches avaient fui à la campagne, les autres se terraient.

Berlioz n'en eut cure. Il avait quitté Rome

ravagée par une grippe tout aussi mortelle et devenait philosophe. Il ne craignait ni la mort ni la fatalité. Son ancien appartement n'étant plus disponible, il décida de poser ses malles en face, à l'hôtel de la rue Neuve-Saint-Marc où avait naguère séjourné la belle Harriet. Avait-il jamais cessé de penser à elle ? Non, pas une minute, il s'en rendait compte à présent. Camille Moke n'avait été qu'un oiseau de passage. Harriet, son fantôme. Au détour du couloir, il tomba sur la vieille femme de chambre et lança d'un air faussement désinvolte :

– Qu'est devenue cette actrice irlandaise, Miss Smithson ? Avez-vous des nouvelles ?

– Mais quoi ? Vous n'êtes pas au courant ? Elle est à Paris. Elle logeait ici même voici peu de jours encore, avant de s'installer rue de Rivoli. Elle dirige une troupe anglaise qui commence ses répétitions la semaine prochaine.

Berlioz demeura stupéfait. Quel tour moqueur le destin lui avait-il réservé ? Sa première réaction fut de courir à perdre haleine, trouver une voiture et... Mais il se maîtrisa. Il n'avait que trop en mémoire les tourments qu'il avait endurés naguère, ses nuits sans sommeil, ses soirées à remâcher son dépit amoureux dans les vapeurs de l'alcool. D'ailleurs, il avait l'intention de donner un nouveau concert de sa *Symphonie fantastique*, suivie de *Lelio*, sorte de monologue musical avec récitant qu'il venait de composer en guise de complément. Rien ne devait troubler ce projet.

Il dut attendre la fin de l'année pour rassembler les musiciens et louer la salle. N'osant toujours pas approcher Harriet Smithson, il résolut d'agir par des voies détournées. L'actrice irlandaise ne parlait presque pas le français. Durant ses séjours dans la capitale, des amis lui servaient d'interprète. Certains étaient aussi ceux du musicien... Monter un complot fut jeu d'enfant. Harriet ne vit aucune malice lorsqu'on lui recommanda avec empressement d'assister à cette *Symphonie fantastique* dont le Tout-Paris parlait, œuvre du « compositeur de grand renom » Hector Berlioz. Comment eût-elle deviné qu'il s'agissait de l'amoureux éperdu qui la harcelait naguère jusque dans les coulisses ?

Le soir de la première, elle s'installa dans une loge de l'avant-scène procurée en sous-main par Berlioz lui-même. À peine fut-elle troublée par le public qui semblait la dévisager avec curiosité. Elle salua, un peu embarrassée, mettant cet intérêt sur le compte de sa notoriété. Quand elle aperçut le compositeur à la crinière flamboyante qui s'installait derrière le chef d'orchestre, elle tressaillit :

– Oh ! s'exclama-t-elle avec son accent irlandais. Mais je le connais ! C'est lui ! Pauvre jeune homme...

– Savez-vous, lui souffla son voisin dans la confidence, que ce bouillonnant personnage a composé cette œuvre à la suite d'une terrible déception amoureuse qui, aujourd'hui encore, lui dévore l'âme ?

La symphonie produisit son effet dévastateur habituel, et lorsque l'acteur Boccace déclama *Lelio*, Harriet Smithson, si elle ne pouvait saisir la subtilité du texte, ne se méprit pas sur son sens et comprit enfin. L'idée fixe, l'amour idéal, c'était elle. Elle en fut bouleversée. Et tandis qu'un tonnerre d'applaudissements saluait la fin du programme, que Berlioz, félicité par Liszt, Chopin d'un côté et Victor Hugo et Alexandre Dumas de l'autre, ne savait où donner de la tête et des mains, la belle actrice fit glisser un message par lequel elle l'invitait à lui rendre visite...

Le cœur battant, Berlioz se rendit chez elle dès le lendemain. Il rêvait qu'elle fût seule et qu'il pût se jeter à ses pieds pour lui déclarer sa flamme. Hélas, il se trouva nez à nez avec une femme de taille minuscule, bossue, qui ne l'introduisit qu'à contrecœur.

– Je vous présente ma sœur qui vient de Londres, lança Miss Smithson en tendant sa main.

Berlioz eut peine à se contenir en la portant à ses lèvres, mais la naine l'observait d'un air si redoutable... L'actrice s'exprimait surtout en anglais. Le jeune homme chipait ce qu'il pouvait. Ils éclataient de rire en constatant qu'ils ne saisissaient guère ce que l'autre voulait dire. Harriet riait d'ailleurs fort joliment. Éclairée de dos par le soleil matinal, elle dégageait un charme innocent, une timidité presque étonnante pour une actrice habituée à évoluer dans le monde.

Cette première entrevue fut suivie de beaucoup d'autres. Heureusement, la sœur bossue repartit pour l'Angleterre, et le musicien put soutenir sa cour de manière plus assidue. Il raconta par le menu les mille tourments qu'à son insu la belle actrice avait provoqué en lui par son indifférence. Elle en fut touchée, émue, et Berlioz fut bien près de profiter de cette occasion pour lui voler un baiser. Mais sitôt qu'elle comprit son intention, elle se rétracta :

– Non, non, je vous en prie...

– Comment ? Vous me refusez ?

– Je suis très... comment dites-vous ?

– Pudique ? Mais diable, je...

– Ma religion... Nous ne sommes pas mariés. Je ne me donnerai qu'à mon mari.

– Alors je vous épouse !

– Vous allez trop vite, monsieur Berlioz...

Berlioz dut en prendre son parti. Mais il aimait tant son Harriet qu'il consentit à se nourrir d'espoirs. En janvier 1833, la troupe anglaise, après bien des retards, donna enfin ses premières représentations. Mais le succès obtenu cinq ans plus tôt était bien loin. L'ombre de Shakespeare avait plané au-dessus de la jeunesse, puis s'en était allée. Les salles étaient presque vides et les critiques mauvaises.

Pour comble de malchance, Harriet Smithson se blessa gravement en descendant d'un fiacre. Son pied glissa sur le pavé et elle se cassa la jambe. Ajouté à l'échec artistique, ce malheur creusa rapidement les maigres ressources de l'artiste immobilisée. Elle dut renvoyer sa troupe en Angleterre, payant sur ses deniers. Elle contracta des dettes pour faire face aux dédommagements réclamés par le théâtre.

Dans ces pénibles moments, Berlioz ne quitta pas son chevet. Elle souffrait beaucoup, physiquement autant que moralement. Il veilla à ce qu'elle fût soignée par les meilleurs médecins, lesquels se montraient pessimistes sur un rétablissement rapide. Pendant ce temps, les dettes s'accumulaient. Harriet ne pouvait plus faire face. À tout moment, elle risquait d'être jetée en prison. Ophélie en prison !

Cette idée fut insupportable à Berlioz. Il n'était certes pas bien riche, mais du moins il comptait de solides amitiés parmi les musiciens. Il décida pour renflouer sa bien-aimée – et malgré ses protestations – d'organiser des concerts de bienfaisance. Liszt et Chopin lui prêtèrent amicalement leur concours et, grâce à eux, la somme recueillie permit de parer au plus pressé et d'éviter le pire. Tant de dévouement finit par fléchir le cœur de l'actrice et elle consentit au mariage, en dépit des avertissements de la sœur bossue qui ne cessait de répéter :

– Je le déteste, cet homme-là, et si j'en avais la force, je le jetterais par la fenêtre !

Et Berlioz répondait :

– Maudite naine ! Je l'exècre de toute mon âme !

Avant de publier les bans, il convenait de par la loi d'obtenir l'approbation des familles. Ce à quoi n'était guère disposé le docteur Berlioz, pour qui Harriet était une aventurière dénuée de moralité. Non seulement elle avait le tort selon lui d'être l'aînée de son fils – trois ans, autant dire un siècle ! – mais il craignait que, par sa faute, il ne s'englue irrémédiablement dans les soucis financiers dont il venait à peine de s'affranchir.

Mais la décision de Berlioz était prise :

Père, vous me connaissez assez, écrivit-il, *pour savoir qu'elle ne saurait m'être arrachée sans que j'en meure. Je viens vous avouer que je ne la quitterai à aucun prix que ce soit.*

En dépit de ses supplications, son père demeura inflexible. Berlioz entama alors une procédure légale, par notaire interposé, pour passer outre le consentement, ce qui glaça leurs relations déjà tendues. Après bien des tracas, il épousa Harriet Smithson le 3 octobre 1833 à l'ambassade d'Angleterre à Paris, avec pour témoin Franz Liszt, son confident et ami fidèle.

Au Théâtre des Italiens, la *Symphonie fantastique* continuait de triompher, accompagnée de *Lelio* et d'une nouvelle ouverture inspirée du *Roi Lear* de Shakespeare. Berlioz était présent à toutes les représentations, pour lesquelles il engageait à chaque fois ses deniers, tel un joueur misant une dernière fois sur le tapis en croisant les doigts pour que le sort lui sourie. Cette vie dangereuse l'épuisait nerveusement, d'autant qu'il prenait parfois la baguette pour diriger. L'exercice lui valut quelques déboires, comme à tout débutant. Mais au fil des représentations, il atteignit une maîtrise qui suscita l'admiration du public et de la presse.

À l'issue d'une soirée particulièrement réussie, en décembre 1833, un personnage étrange l'accosta derrière la scène tandis que le public se dispersait. Il était maigre comme un fil, ses cheveux longs encadraient un visage émacié au teint pâle, aux yeux perçants. Son accoutrement à la diable lui donnait l'aspect d'un excentrique. Il serra vigoureusement la main de Berlioz :

– Je suis Niccolo Paganini ! Votre sinfonia, quelle merveille !

Le jeune homme se sentit flatté. Le grand violoniste faisait alors chavirer l'Europe entière avec son jeu phénoménal, que certains n'hésitaient pas à qualifier de démoniaque.

– J'ai un alto, poursuivit-il. Un instrument merveilleux de Stradivarius... Je voudrais en jouer en public... Miseria, il n'existe pas d'assez belle musique pour lui. Voulez-vous écrire un solo ?

– Je suis très honoré par votre offre, maestro. Mais ne serait-il pas plus indiqué que vous le composiez en personne ? Je n'ai pas le talent pour...

– J'insiste... Je veux quelque chose de vraiment original. Je n'ai confiance qu'en vous pour ce travail.

Berlioz accepta de bon gré, d'autant que la commande s'accompagnait d'une solide bourse.

De fil en aiguille, il parvint à la conclusion qu'il valait mieux écrire une symphonie avec alto, lequel servirait de conducteur tout au long de l'œuvre, personnifiant le personnage romantique de Harold inventé par Byron, le poète anglais à la mode. En quatre tableaux, il retraça le voyage mélancolique du héros à travers les Alpes italiennes, dépeignant ses humeurs autant que le décor environnant, et il conclut par une orgie de brigands échevelée.

Paganini fut déçu par le résultat. Il reconnaissait la valeur de la symphonie, mais s'attendait à ce que la partie d'alto lui offrît plus d'occasions de briller. Il ne s'opposa toutefois pas à la création de ce nouveau chef-d'œuvre. *Harold en Italie* était né. Par manque de confiance, Berlioz eut le tort de céder sa baguette à un chef d'orchestre routinier, qui commit des fautes grossières – allant jusqu'à supprimer certains passages, qu'il jugeait, prétention suprême, « anti-musicaux ». Le langage harmonique novateur, la place insolite de l'alto au sein du discours orchestral, n'étaient déjà pas faits pour attirer la faveur du public. L'exécution exécrable le découragea davantage et le compositeur fut accablé d'insultes. Un journal s'esclaffa :

Ah ! Ah ! Ah ! Haro, haro ! Harold !

Autrement moins spirituel, un spectateur lui écrivit :

Après un tel four, montrez votre courage : brûlez-vous la cervelle !

ÉCHEC ET MAT

Paris, 1838-1841

Berlioz replia son journal d'un geste las. Il considéra le feu mourant. S'armant du tisonnier, il se pencha pour ranimer la flamme. Mais rien n'y fit. Il saisit une bûche, puis se ravisa. Mieux valait économiser le bois. Les recettes des derniers concerts équilibraient à peine les comptes, malgré le succès d'un requiem éclatant qui venait d'être exécuté aux Invalides. Pour joindre les deux bouts, il recommençait à écrire ces « feuilletons », interminables polémiques sur la musique, que les journaux lui payaient fort bien, car sa plume acérée faisait toujours les délices des lecteurs.

Il se tourna vers Harriet. Le livre avait glissé sur ses genoux et elle s'était assoupie la tête renversée en arrière, la bouche grande ouverte. Où était Ophélie ? Où était cette femme idéale, pure et éthérée, qui l'avait ravi naguère ? Face à lui ne subsistait plus qu'une ombre obèse, la chevelure défaite, les joues flasques. Il la secoua par le bras dans l'espoir de la réveiller, mais n'obtint qu'un grognement. Elle sentait l'alcool. Elle avait dû boire en cachette avant son retour du théâtre. Depuis qu'elle avait abandonné sa carrière d'actrice, cette habitude lui tenait lieu de distraction.

Il éprouva une pénible solitude.

Les épuisantes répétitions de son dernier opéra *Benvenuto Cellini* usaient ses nerfs. Il devait affronter les chanteurs mécontents de leurs airs, les musiciens mécontents de leurs parties et l'intendant mécontent de tout le reste. Il poussa un soupir, écarta le rideau pour jeter un œil dans la rue. Ce nouvel appartement qu'ils occupaient rue de Londres n'avait pas le charme de la maison de Montmartre où ils avaient vécu les premiers temps de leur mariage. Ces années passées sur la butte, presque à la campagne, dans l'ombre des moulins, restaient parmi les plus belles de son existence. Harriet était encore séduisante et enjouée. Elle aimait sortir, s'amuser, inviter du monde. Tout était fini hélas. Lors de sa dernière apparition sur scène, dans un ridicule vaudeville indigne d'une Ophélie, le rideau lui était presque tombé dessus, pour lui signifier de déguerpir. Blessée dans son art, dans son cœur, aigrie et désabusée, elle s'était laissé grossir et ne songeait plus à soigner son apparence.

Berlioz ne pouvait se le cacher davantage. Son mariage était un désastre. Il tira sa montre de son gousset. Onze heures. Il étouffa un bâillement.

– What ? What's the matter ? Qu'est-ce qui se passe ?

Il sursauta. Harriet venait de s'éveiller. Il railla :

– Rien, ma chère. Rien. Rendormez-vous. Je bâillais. Je vous secoue comme un prunier et vous n'avez aucune réaction. Je me contente de bâiller et vous voici debout. Nonsense !

– Je ne comprends rien à vos façons de dire. Je suppose que c'est encore de l'« yumoure ».

– L'humour est anglais dit-on, et l'esprit français. Mais ici qui voudrait de l'un ou de l'autre je vous le demande ? Nous vivons comme des petits vieux, bouquinant au coin du feu. Allez donc vous coucher. Vous avez encore bu.

– Oui, j'ai bu. Cela vous ennuie ?

– Je n'aurais pas dû vous écouter, et inviter mes amis.

– Pour qu'ils laissent de la cendre sur le tapis !

– Pardonnez aux artistes ! Comme le commun des mortels, ils s'amusent, boivent, jurent comme des charretiers et, par inadvertance, oublient leurs mégots. Je ne vous connaissais pas tant de goût pour la propreté ménagère.

Il songea au petit garçon qui dormait dans la pièce voisine et baissa le ton, ravalant sa colère.

– Nous ne voyons plus personne ! Nous vivons cachés. Ce piano reste désespérément muet depuis que nous avons quitté Montmartre. Autrefois, Liszt et Chopin s'y défiaient. Et aujourd'hui...

– Je n'aime pas vos amis. Je n'aime personne. Personne à part vous. Vous étiez absent toute la journée. La vérité est que vous me fuyez. Vous avez d'ailleurs sûrement une maîtresse que vous cachez quelque part !

Le cœur de Berlioz se serra.

– Je vous en prie. Pas de mélodrame. Vous savez les raisons qui m'obligent à sortir. Cet opéra sera la grande affaire de ma vie. Je dois sortir vainqueur de ce défi ou devenir la risée de Paris. C'est à l'opéra qu'on juge les maîtres. Et j'en suis un ! Mais c'est une cage aux lions et j'y dois me défendre armé d'un fouet. Ah ! la politique ! On m'a interdit de représenter le pape sur scène. Il a fallu le transformer en cardinal. Et pourquoi pas en garde champêtre ?

– Je n'entends rien à vos pourboires.

– Le mot juste est déboires ! Déboires ! s'emporta Berlioz. Vous avez raison ! Mieux vaut que vous demeuriez à l'écart de mes tracas. Good night, my dear !

Dans le couloir, il s'arrêta. Sur la pointe des pieds, il entrebâilla la porte de la chambre, craignant que ses éclats n'aient réveillé Louis. Par chance, le petit garçon, beau comme un ange, dormait à poings fermés. Berlioz le contempla, n'osant l'éveiller.

– Bonsoir, mon Louis. Tu es bien le plus heureux.

Son fils était son trésor. Il s'en occupait comme une mère poule, aussi souvent que ses obligations professionnelles le lui permettaient. À présent, il n'avait plus sommeil. Il se réfugia dans son bureau. Il entendit Harriet se coucher. Il s'installa à sa table et acheva un article pour le *Journal des débats*. De l'argent. Comment trouver de l'argent ? Le remboursement des dettes contractées par Harriet absorbait l'essentiel de ses bénéfices.

– Il faudrait un miracle, songea-t-il.

Un tumulte formidable accueillit la première représentation de *Benvenuto Cellini*. Les huées le disputaient aux vivats. Berlioz posa son bâton de chef d'orchestre et, stoïque, salua avec une raide inclinaison du buste. Les chanteurs n'avaient guère brillé. Ils n'avaient pas compris leurs rôles et des semaines de répétitions n'y avaient rien changé. Les musiciens s'étaient embrouillés, perdant constamment la mesure. Tant de médiocrité avait altéré la vivacité étincelante de l'œuvre, le traitement inédit des airs et des ensembles, à mille lieues de ce qu'on avait alors l'habitude d'entendre. Berlioz ressortit du théâtre affligé. Dans son for intérieur, il savait la bataille perdue.

Le lendemain, la presse ne se privait pas de vitupérer en soulignant cruellement les défauts du spectacle. Dans ce concert de protestations outragées, seul un billet amical lui parvint, qui lui réchauffa le cœur :

Du fond d'un couloir, j'ai assisté à votre œuvre. Vous avez fait une belle et noble chose. Chantez, vous qui êtes fait pour chanter, et lais-

sez crier ceux qui sont faits pour crier. Courage, Maître. Pour les grands esprits, il y a de grands obstacles.

Victor Hugo.

Mais *Benvenuto Cellini*, dans lequel Berlioz avait fondé tant d'espoirs, disparut de l'affiche au bout de quatre représentations. Le compositeur se sentit si mal qu'il dut s'aliter. Un docteur l'examina et lui recommanda le repos total.

– Trop de tension, diagnostiqua-t-il. Vous vous surmenez. Vous êtes pâle comme un mort. Je vais vous prescrire...

– Prescrivez-moi donc des billets de mille francs, et dans l'instant, je vous assure, je bondirai sur mes pieds !

Les nécessités financières ne pouvaient bien longtemps clouer le musicien au lit. Chancelant, enroué par une méchante bronchite, il se présenta néanmoins le 18 décembre 1838 devant l'orchestre pour diriger la *Symphonie fantastique* et *Harold en Italie*. À son insu se tenait dans la salle Niccolo Paganini. Le célèbre violoniste, lui aussi très malade, était revenu à Paris après une longue absence. C'était la première fois qu'il entendait l'œuvre dont il était l'inspirateur. Transporté d'enthousiasme, il se posta à la porte des coulisses en compagnie de son jeune fils Achille. Quand Berlioz passa, tremblant de fièvre et exténué, il l'arrêta et se fit reconnaître.

– Maestro, vous étiez dans la salle ? s'étonna

le Français. Quel plaisir de vous revoir. C'est un grand honneur.

Le malheureux virtuose, gravement atteint au larynx, était incapable de parler à haute voix, aussi Achille dut-il traduire ses propos au fur et à mesure. L'oreille collée contre la bouche de son père, il répéta fidèlement :

– Il m'assure n'avoir jamais éprouvé pareille impression à un concert. Votre musique l'a bouleversé. S'il ne se retenait pas, il se mettrait à genoux pour vous remercier.

Sur ces mots, devant de nombreux musiciens qui se trouvaient là, il s'exécuta avec une humilité aussi théâtrale que touchante. Berlioz resta bouche bée.

– Je vous en prie, relevez-vous ! Vous ne devez pas...

Cette incroyable démonstration de reconnaissance l'avait à tel point sidéré qu'il rentra chez lui comme un somnambule. Il y pensait encore lorsqu'il s'effondra sur son lit, vaincu par la fièvre.

Le lendemain, Achille vint sonner à sa porte. Harriet introduisit le petit garçon dans la chambre du malade.

– Mon père est désolé de vous savoir souffrant. S'il ne l'était lui-même, il se serait fait un devoir de venir vous rendre visite. Il m'a confié une lettre pour vous.

– Merci, mon enfant. Je vais...
– Non. Il ne faut pas l'ouvrir.
– Mais la réponse ?
– Mon père a dit qu'il n'y en avait pas, et que vous deviez lire une fois seul.

Sur ces mots, il se retira. Intrigué, Berlioz décacheta l'enveloppe. À mi-voix, il traduisit le billet écrit en italien :

Mon cher ami,

Beethoven mort, il n'y avait que vous, Berlioz, pour le faire revivre. Et moi qui ai goûté vos divines compositions, je crois de mon devoir de vous prier d'accepter, en témoignage de mon hommage, une somme de vingt mille francs[1] *disponible à la banque Rothschild sur présentation de ce mot.*

Votre affectionné, Niccolo Paganini.

Berlioz devint si pâle qu'Harriet s'en émut.
– Allons ! Parlez, qu'avez-vous ? Une mauvaise nouvelle ? Ce n'est pas si grave. Nous en avons reçu tant d'autres...
– Il m'offre vingt mille francs !
– Qui ?
– Paganini ! Niccolo Paganini !

Ce fut au tour d'Harriet de devenir pâle comme un linge. Elle appela Louis qui jouait dans la pièce voisine :
– Louis, come here !

Le petit garçon courut aussitôt dans ses bras.

1. La somme avoisinerait aujourd'hui les sept cent mille francs.

– Louis, remercie le bon Dieu de ce qu'il vient de faire pour ton père...

La mère et l'enfant s'agenouillèrent au chevet du musicien, les mains jointes.

– Un vrai miracle, murmura Berlioz.

Débarrassé des problèmes d'argent, Berlioz, à l'aube de cette année 1839, se jeta à corps perdu dans un projet auquel il songeait depuis longtemps : *Roméo et Juliette*. Mais il ne voulait pas le traiter sous la forme d'une banale symphonie. Il envisageait au contraire une suite de morceaux d'orchestre avec chœur et solistes, retraçant les épisodes les plus marquants de la tragédie, peinture d'émotions plus que scènes théâtrales.

Un bonheur n'arrivant jamais seul, Berlioz obtint le poste de conservateur adjoint à la bibliothèque du Conservatoire, celle-là même où il était entré par la mauvaise porte lors de sa première visite. Peu rancunier, le concierge devint pour lui un assistant fidèle. Le 10 mai, le compositeur fut honoré par la remise de la Légion d'honneur à la grande fierté de son père, veuf depuis peu. Mme Berlioz s'était éteinte sans avoir revu son fils.

En novembre, *Roméo et Juliette*, symphonie dramatique, triompha sur la scène du Conservatoire. La salle était pleine. La billetterie avait refusé du monde. Le sublime passage du balcon, dépeint par une mélodie poignante, d'un lyrisme crépusculaire, laissa pantois les auditeurs qui affirmèrent que Berlioz n'avait jamais rien composé de plus beau. Parmi eux, applaudissant à tout rompre, se tenait un jeune compositeur allemand de vingt-six ans, la mèche raide plaquée sur le front, le visage singulier au menton proéminent encadré de longs favoris. Richard Wagner, l'esprit empli d'idées novatrices sur l'opéra, venait de découvrir la voie à suivre.

Cette même année, Berlioz reçut la commande d'une symphonie funèbre et triomphale pour commémorer le dixième anniversaire des tragiques émeutes de 1830. L'œuvre fut ainsi annoncée malicieusement par le journal *Le Charivari* :

M. Emberlificoz fera exécuter sa défunte Marche Funèbre. *Quelques charrettes mal graissées augmenteront le pittoresque de sa composition.*

En juillet 1840, deux cents musiciens défilèrent derrière un gigantesque corbillard, dirigés par un Berlioz plus gesticulant que jamais, sanglé dans un uniforme trop étroit de garde national et coiffé d'un bicorne peu assorti à ses cheveux roux. Malgré ce spectaculaire déploiement, les cris de la foule étouffèrent la musique, empêchant de rien entendre.

La renommée de Berlioz ne s'étendait plus seulement dans les cercles musicaux parisiens mais débordait à présent largement les frontières : à Saint-Pétersbourg était donné le *Requiem*, en Allemagne, Liszt popularisait la *Symphonie fantastique* et Wagner proclamait l'originalité du Français dans ses articles. Il était assailli d'invitations à diriger ses œuvres. Il ne pouvait différer plus longtemps la gloire européenne qui lui tendait les bras. Mais cette perspective soulevait dans son foyer de redoutables disputes. Aigrie et jalouse, Harriet refusait qu'il s'éloignât d'elle. Alors, il prit une décision lâche et nécessaire à la fois. Jour après jour, il déménagea ses partitions, ses malles, son matériel, et s'enfuit du foyer conjugal, laissant seulement un mot d'explication.

1841

Marie Recio avait vingt-deux ans – seize de moins que le compositeur –, une beauté sombre trahissant ses origines espagnoles et un tempérament de feu, à l'exact opposé de celui d'Harriet. Berlioz l'avait remarquée parmi les choristes de l'Opéra. Elle se piquait de suivre une carrière de soprano lyrique, mais selon le propre aveu de Berlioz, clairvoyant, « elle miaulait comme une douzaine de chats ».

Malheureux en ménage, il s'était enflammé pour ses yeux noirs, ses mimiques tantôt boudeuses, tantôt exaltées, son insatiable appétit de caresses et de baisers. Mais cette ambitieuse jeune femme désirait devenir chanteuse à tout prix. Berlioz comprit qu'il était tombé entre les griffes d'une redoutable intrigante. Elle ne cessait de le presser pour qu'il lui obtînt des rôles, et lui, aveuglé par son désir, se conformait à ses moindres caprices. Prisonnier d'une dévorante passion charnelle qu'il n'avait guère éprouvée depuis le temps de Camille Moke, il fut bien forcé d'accepter sa présence dans la voiture qui l'emportait vers son nouveau destin : l'Europe.

LA DAMNATION DE FAUST

Allemagne, 1842-1843[1]

Berlioz entra sur la pointe des pieds dans la superbe salle du Gewandhaus de Leipzig et s'assit discrètement au dernier rang, son gibus sur les genoux. Il signifia à Marie Recio d'observer le silence le plus total. Il ne voulait à aucun prix déranger la répétition. Sur l'estrade, Félix Mendelssohn mettait au point les derniers détails de sa nouvelle œuvre, une ballade pour solistes, chœur et orchestre, tirée d'un poème de Goethe : la *Nuit de Walpurgis*.

– C'est lui, ton ami Mendelssohn ? remarqua la jeune femme, qui ne brillait guère par son esprit. Il a l'air d'un snob !

Berlioz lui coula un regard noir. Qui le délivrerait de son encombrant fardeau ? Au bout d'une semaine en sa compagnie, il avait songé à la renvoyer en France, tentant même de l'abandonner dans une auberge. Elle avait malheureusement retrouvé sa trace et depuis, il devait s'accommoder de sa présence.

– Je t'en conjure ! supplia-t-il. Silence !

– Mon minou, se moqua-t-elle en le câlinant, ne gronde pas ! Tu diras au snob de ne pas

1. Et non, comme indiqué dans les *Mémoires*, 1840.

m'oublier pour son concert. Je chante, moi. Et mieux que ces morues.

Berlioz laissa échapper un soupir accablé. Il observait l'élégant compositeur donner ses indications aux premiers violons, qui jouaient debout, selon l'usage de cette prestigieuse formation. Sous ses allures de dandy, Mendelssohn cachait un tempérament de feu. Profitant d'une pause, l'intendant lui souffla quelques mots à l'oreille. Aussitôt, il se tourna, scruta la demi-pénombre de la salle et, apercevant le Français, mit un terme à la session. Tout en s'épongeant le front, il descendit de scène et serra chaleureusement la main de son collègue. Les deux hommes ne s'étaient pas revus depuis leur rencontre à Rome. Berlioz avait été d'autant plus surpris et ému du ton très sympathique de son invitation.

– Quelle joie de vous revoir ! s'écria-t-il.

Mendelssohn avait changé. Bien qu'il fût encore jeune, son front s'était dégarni, ses tempes avaient prématurément blanchi. La fatigue émaciait son visage. Il brûlait son existence en incessants voyages, recherches et concerts, sans compter son abondante production musicale.

– Et moi donc ! J'ai entendu parler de vos succès à Stuttgart, Weimar et Mannheim ! Quand j'y songe ! Douze ans se sont écoulés depuis Rome…

– Moi, je suis Marie Recio, intervint la cantatrice en tendant une main que Mendelssohn baisa avec froideur.

– Douze ans en effet ! enchaîna Berlioz comme si de rien n'était. Ma chérie, sois aimable de nous laisser un instant, et va nous attendre là-bas...

– Où ça là-bas ?

– Sur ce banc où tu étais assise à l'instant.

De mauvaise grâce, Marie obtempéra, non sans esquisser une révérence moqueuse.

– Qui est-ce ? s'enquit Mendelssohn.

– Ne me le demandez pas ! Partout où je passe, elle me compromet. À Weimar, Liszt, le plus indulgent d'entre nous, a manqué lui taper dessus. Elle me fait détester dans l'Europe entière. Je voudrais m'en débarrasser, mais elle me suit comme un petit chien, attendant que je la nourrisse.

– Quittez-la !

– Hélas ! Elle sait user d'arguments auxquels ma nature d'homme est incapable de résister, je l'avoue avec honte. Par pitié, trouvons-lui un emploi durant mon séjour, ainsi je serai tranquille ! Cette *Nuit de Walpurgis* était d'une grandeur magnifique. Et je suis sincère.

– Je le dois à mes musiciens. Ainsi que vous l'avez constaté, ils ne sont pas au-dessous de leur réputation. Méprisez-vous toujours autant Bach ?

– Moins qu'autrefois, je l'avoue. Contestez-vous encore le génie de Gluck ?

– J'ai assoupli mon jugement.

– Il semblerait que nous ayons accompli vous et moi un pas dans la bonne direction. Qui sait, nous finirons par nous entendre aussi sur la religion !

– Pour ça, j'en doute. Vous resterez un abominable mécréant. Du moins vous me rassurez, vous n'avez rien perdu de votre esprit railleur.

– Je n'ai plus guère l'occasion de railler. Je suis même devenu soupe au lait. Et je vais vous en donner la preuve dans l'instant en vous priant de bien vouloir m'offrir un objet d'une immense valeur à mes yeux.

– Un objet ? Lequel ?

– Ce bâton de chef avec lequel vous venez de diriger.

Mendelssohn considéra l'instrument avec amusement.

– Ce n'est que cela ? Bien volontiers, mais en retour, je réclame l'un des vôtres.

– Parole, on croirait entendre deux Indiens échangeant leur tomahawk ! Hugh ! Sois mon frère, et que le Grand Esprit nous protège !

Dès le lendemain, Berlioz organisa les répétitions d'un concert de ses œuvres, qui devait comporter, outre les ouvertures du *Roi Lear* et des *Francs-Juges*, la désormais célèbre *Symphonie fantastique*. Plus habitués à Bach, Mozart, Beethoven, les musiciens rechignèrent à augmenter leur effectif et ajouter des instruments bizarres comme la harpe, le cor anglais, ou le monstrueux ophicléide[1]. Usant de sa diplomatie coutumière, Mendelssohn aplanit ces difficultés avec bonne humeur.

Décidément, ce Français était fou !

1. Ancêtre du tuba.

Toujours flanqué de Marie Recio, qui à chaque étape exigeait de son mentor qu'il lui trouvât une place dans son concert, Berlioz quitta Leipzig à regret pour se rendre à Dresde. Le *Requiem* y était adulé et, naturellement, son auteur fut convié à le diriger en personne. Comme assistant pour le chœur, on lui adjoignit un jeune compositeur qui naguère, dans l'anonymat de la foule parisienne, avait assisté aux premières représentations de *Roméo et Juliette*. Depuis cette expérience, Richard Wagner vouait une grande admiration au Français. Il venait d'achever un opéra dramatique, fortement influencé par Weber, mais d'une puissance jusqu'ici inégalée : *Le Vaisseau fantôme*[1].

Wagner était d'avis qu'un compositeur devait écrire la musique ET le livret, de manière à obtenir un ensemble parfait, une œuvre d'art totale. Les deux hommes eurent le loisir de confronter leurs points de vue sur la musique et de constater qu'ils étaient en désaccord sur une foule de points. Pour autant, ils éprouvèrent l'un pour l'autre une irrésistible sympathie et promirent de se revoir.

– Il est parfaitement inepte, ce Wagner ! jugea Marie. Et quelle morgue ! Quelle suffisance ! Il devrait te lécher les bottes. Au lieu de ça, il se dresse sur ses ergots comme un coq. Et tu le laisses faire…

Berlioz préférait ne pas entamer de telles discussions, qui débouchaient invariablement

1. *Der Fliegende Holländer*, la traduction littérale étant : *Le Hollandais volant.*

sur une dispute. Le voyage se poursuivit vers Berlin, Darmstadt, Hanovre. À chaque étape, le Français constatait avec bonheur le même engouement pour ses œuvres. Son opéra *Benvenuto Cellini*, éreinté et moqué dans sa patrie, soulevait ici l'admiration. Aussi, quand il fallut reprendre le chemin de la France, Berlioz dut se faire violence. La perspective de replonger dans les tracas de la vie théâtrale parisienne n'était pas la seule raison. Il savait aussi devoir affronter de sérieux problèmes de ménage...

Le nez collé à la vitre, Berlioz regardait dans la rue. En dépit de ses efforts, l'inspiration le fuyait.

– Maudit article ! ruminait-il. Quand en finirai-je avec ces corvées ! Je veux bien rester des heures avec un orchestre, à rouspéter après les chœurs, les copistes, et clouer moi-même les planches de la scène. Cela, c'est mon affaire, mais quant à ceci !

Il retourna à son bureau, considéra la page blanche et la froissa rageusement. Si sa tournée avait étendu sa notoriété à travers l'Allemagne, les bénéfices financiers de l'opération étaient juste suffisants pour en payer les frais. Sa double vie lui coûtait cher. Marie Recio exigeait d'être entretenue et comblée de cadeaux, exerçant un chantage de tous les instants. Berlioz avait beau pester, ces travaux alimentaires lui étaient plus que jamais nécessaires. Il saisit sa guitare, prêt à passer ses nerfs dessus, lorsque de petits coups furent frappés à la porte.

– Papa ! cria Louis. Tu veux bien qu'on soit z'amis ?

La colère de Berlioz tomba aussitôt. Il courut ouvrir et pressa le garçonnet contre lui. Louis avait maintenant une dizaine d'années. Il était fin et délicat. Il avait les cheveux clairs de sa mère et la douceur de son regard passé.

– Oui, mon garçon, soyons z'amis !

Le matin même, il l'avait sévèrement grondé pour une broutille qui n'en valait pas tant.

– Je suis navré. Je te traite bien mal. En somme, tu n'es pour rien dans les malheurs de ma triste vie. Où est maman ?

– Dans le salon. Elle est malheureuse. Elle pleure.

– Pardieu, je le sais bien. Qu'y faire ?

Il prit son fils par la main pour le reconduire dans sa chambre. Après une hésitation, il rejoignit sa femme. Elle sanglotait en effet, comme cela lui arrivait fréquemment depuis qu'elle connaissait la vérité sur l'inconstance de son mari. Elle était plus grosse que jamais, prenant un plaisir singulier à s'enlaidir encore. Berlioz éprouva un remords.

– Convenez-en. Il faut nous séparer. Pourquoi nous infliger l'un à l'autre cette coexistence ? Il faut songer à Louis. Il ne doit pas être malheureux par notre faute. Vous pourrez toujours compter sur moi, en toute occasion. Je veillerai à votre confort, à votre sécurité matérielle, même de loin…

Harriet se redressa avec dignité.

– Si vous le pensez...

– J'envisage de retourner bientôt en Allemagne, et peut-être en Russie, dont Balzac ne cesse de me parler. Ici, j'ai le sentiment d'être incompris. Oh certes, on m'honore, on me décore ! Mais est-ce le journaliste que l'on craint, ou le musicien qu'on admire ? Savez-vous pourquoi nous avons si peu de bons compositeurs en France ? Parce que les Français n'en veulent pas. La musique n'est considérée dans ce pays que comme un divertissement distingué. Je... Vous m'avez toujours soutenu... Je vous suis redevable de bien des choses. Pardonnez-moi.

Harriet le dévisagea, cherchant derrière les mots un trouble, un espoir. Mais leur passion d'antan n'était que ruines. Elle acquiesça lentement et, prenant un napperon abandonné, affecta de coudre dans le salon presque envahi par l'obscurité. Berlioz referma la porte, le cœur lourd.

Vienne, Prague, Budapest, 1845-1847

Berlioz salua et salua encore. La salle du théâtre An der Wien menaçait de crouler sous les applaudissements. La patrie de Mozart et de Beethoven avait rendu les armes. La *Symphonie fantastique* y avait éclaté de toute sa puissance, ainsi que l'ouverture du *Carnaval romain*, tiré de *Benvenuto Cellini*, que le public pourtant réputé glacial avait exigé que l'on rejouât trois fois. Au premier rang, Liszt donnait le ton à ce fol enthousiasme, fermant le caquet à la clique des conservateurs dont les huées se perdirent dans les bravos.

À sa sortie, Berlioz fut assailli par les journalistes. L'inévitable Marie Recio était suspendue à son bras, gloussant et se pavanant. Pour éviter les tracas, il avait eu le tort de la présenter comme son épouse.

– Monsieur Berlioz ! Juste un mot pour nos lecteurs ! Cette symphonie a donc été inspirée par la passion que vous portez à Madame votre épouse ? Madame, vous êtes donc cette idée fixe qui traverse la partition ?

– Absolument ! répartit Marie sans ciller. N'est-ce pas la plus éclatante des preuves d'amour ?

Épuisé, Berlioz préféra ne pas la contredire en public, ruminant son agacement. Et l'insipide chanteuse de se gonfler tel un pigeon.

– D'ailleurs, il songe à m'écrire un opéra...

– Vraiment ? Pourquoi ne restez-vous pas à Vienne, monsieur Berlioz ? Il paraît que l'on vous a offert la direction de la chapelle impériale et que vous avez refusé...

– Je suis honoré par une telle proposition, répondit prudemment le musicien. Mais je suis français et ne saurais rester loin de mon pays. Excusez-nous, la voiture attend...

Liszt avait dégagé un passage et, ouvrant la portière au compositeur exténué, il le poussa à l'intérieur. Marie Recio lui tendit la main pour qu'il l'aidât à son tour, mais il n'en fit rien. Entre l'illustre pianiste et l'obscure cantatrice s'était instaurée une authentique haine.

– Un vrai succès ! lança le virtuose dès que l'attelage s'ébranla. Je crois que tu es le premier compositeur non italien que les Viennois acceptent comme maître.

– Pfff... pesta Marie, cela n'empêche pas ce freluquet de Wagner de déblatérer sur le compte d'Hector.

– Wagner n'est pas un freluquet, corrigea sèchement Liszt, et de plus c'est aussi mon ami. Si vous arrêtiez de vous répandre en calomnies, la presse cesserait de croire qu'ils se haïssent alors qu'ils s'estiment.

Marie haussa les épaules et, considérant les rues désertes par la vitre, elle s'exclama :

– Heureusement que nous partons. Vienne est une ville de petits bourgeois prétentieux.

Liszt allait répliquer, mais Berlioz s'empressa d'éluder :

– J'ai peur de l'accueil qu'on nous fera à Prague. On dit qu'ils ne jurent que par Mozart et se rengorgent d'avoir été les seuls à le comprendre de son vivant.

– Ce qui est vrai, confirma Liszt. Mais n'aie aucune inquiétude. J'ai déjà préparé le terrain.

Il ajouta avec un sourire fielleux à l'intention de Marie :

– D'ailleurs, je ne te quitte pas d'une semelle. Il ne pourra rien t'arriver...

cieux annonçaient le retour de Louis Napoléon, neveu de l'Empereur, exilé à l'étranger.

Tandis que la France se secouait définitivement du joug royaliste, Berlioz, de retour d'un séjour à Londres, apprenait la mort de son père, à la Côte-Saint-André. Il n'était pas revenu dans son pays depuis bien des années, accaparé par son combat musical et ses fréquents voyages à l'étranger. Les paysages de son enfance lui inspirèrent une douce nostalgie. Il fut accueilli par ses sœurs Adèle et Nanci, maintenant mariées. Ils évoquèrent les souvenirs et ensemble pleurèrent longuement. Berlioz contempla le cabinet paternel avec le cœur lourd. Livres, instruments, papiers, chaque objet était à sa place, comme si à tout instant le médecin devait ouvrir la porte et s'asseoir à son bureau. En dénichant le volume des œuvres de Virgile, Berlioz soupira :

– Dire qu'il n'a jamais entendu une note de ma musique.

Quelques jours plus tard, il retourna tristement à Meylan, devant la maison de Mme Gautier, qui appartenait désormais à quelqu'un d'autre. Son cœur se serra en se remémorant Estelle... Il la revit sur le seuil de la porte, dans sa robe blanche, chaussée de ses brodequins roses. Il erra dans les champs écrasés de soleil, sa veste sur le dos, en quête de sa jeunesse enfuie. Il parcourut les sentiers envahis par les mauvaises herbes, sans rien reconnaître. Vaincu par la fatigue, il tomba à genoux et, de douleur contenue, griffa la terre aride de ses ongles.

Quelques jours plus tard, Berlioz triomphait à Prague avec *Roméo et Juliette* et se trouvait transporté dans un nouveau tourbillon de réjouissances offertes en son honneur. Il était reconnu dans la rue et recevait mille témoignages d'admiration partout où il allait. Le Français en était confondu.

– Imagine un instant, confia-t-il à Liszt, si cette chose m'arrivait à Paris ! Les gens m'apercevant et me serrant les mains, sifflant ma musique sur mon passage ! Décidément, nul n'est prophète en son pays.

Il eut bientôt l'occasion de vérifier la justesse de cet adage. Naguère, il avait ébauché l'esquisse d'un *Faust* sous forme de quelques scènes éparses. Mécontent des faiblesses de cet essai, il songeait à présent à lui donner une dimension plus noble. Durant le voyage de retour vers la France, il s'était attelé à la tâche. *La Damnation de Faust* n'était pas précisément un opéra, mais une « légende dramatique », ainsi qu'il l'avait curieusement intitulée. Il comptait beaucoup sur cette œuvre pour atteindre enfin la reconnaissance au théâtre après laquelle il soupirait depuis tant d'années. Il portait encore l'échec de *Benvenuto Cellini* comme une cicatrice mal refermée.

Transporté par l'inspiration, il emportait sa partition partout avec lui, au café, au jardin public, s'arrêtant même en pleine rue pour la compléter. Les idées lui venaient naturellement, comme poussées vers lui par un vent mystérieux.

Il eut tôt fait d'achever l'œuvre. Conscient que son génie n'avait jamais atteint de tels sommets, il la proposa à l'Opéra-Comique et crut la bataille gagnée lorsqu'elle fut acceptée.

Mais quand le rideau se leva, le 6 décembre 1846, dans une salle aux trois quarts vide, il sut qu'il avait encore échoué. Dans un Paris troublé, où planaient encore des menaces d'émeutes et de soulèvement, le public ne s'était pas déplacé. Deux jours durant, Berlioz crut sombrer au fond d'un gouffre. Après tant de gloire acquise à l'étranger, une telle gifle lui était insupportable. À la défaite artistique s'ajoutaient dix mille francs de frais non couverts par la recette. Il dut emprunter à ses amis comme aux pires moments de ses débuts. Abattu, il écrivit à ses sœurs :

Il n'y a rien à faire dans cet atroce pays. Comme les oiseaux de proie, je vais devoir chercher ma pitance au loin.

En quête d'expédients pour rembourser ses dettes, il rencontra au coin d'une rue son vieil ami Balzac. Celui-ci avait forci, mais il avait conservé sa gouaille pittoresque. Comme Berlioz s'ouvrait de ses déboires, l'écrivain répondit :

– N'hésite pas ! Pars en Russie, je te l'ai assez dit. Tu reviendras avec cent cinquante mille francs, au bas mot. Le seul ennui, c'est qu'il y fait froid, surtout en cette saison. Février n'est pas un bon mois pour visiter Saint-Pétersbourg.

– Qu'importe. Je ne peux attendre. Les créanciers cognent à ma porte !

– As-tu une pelisse chaude ?

– Une pelisse, ma foi… Non.

– Eh bien, je vais te sauver la vie. Je te ferai
porter la mienne dès demain. Je ne l'utilise plus
Ce n'est guère à Paris qu'on a l'occasion de s
déguiser en ours.

Ainsi Berlioz, emmitouflé dans la fourrure tro
grande pour lui, affublé d'une chapka, passa
t-il la frontière russe. Pour une fois, il éta
arrivé à se débarrasser de l'encombrante Mar
Recio. Le succès qu'il remporta avec ses sym
phonies et *Roméo et Juliette* le consola un p
de son échec parisien. Il fut honoré par le ts
et la tsarine et, comble de l'hospitalité rus
une jeune et jolie choriste, au doux prénom
Liouba, dissipa pour un temps sa morosité.

En juillet 1848, la révolution éclata. Ap
les mauvaises récoltes des années passées, l'
pauvrissement des petites gens, le chômage
frappait l'industrie, il n'était guère difficil
prévoir un tel soulèvement. Le peuple pous
bout par la faim et la misère se déversa
les rues, armé de fusils et de pavés pour
verser la société de l'argent. Des barric
s'élevèrent, bientôt couvertes de sang
cendre. La mitraille crépitait. Le roi L
Philippe tentait d'apaiser les esprits en pr
tant de vagues réformes. En vain. Les régi
eux-mêmes se rangeaient aux côtés des
tiers. Le trône était condamné et les plus

LES TROYENS

Paris, 1854

Berlioz plaça lentement le drap blanc sur le visage informe de la défunte. Harriet Smithson s'était éteinte après bien des souffrances, autant morales que physiques. Sur la table de chevet, un portrait la reflétait cruellement au sommet de sa splendeur et de sa grâce. Accablé, Berlioz baissa la tête. Une douleur poignante nouait ses entrailles, mélange de remords et de pitié. Il serra les poings de colère pour contenir les flots de larmes qui menaçaient de le submerger. Bien qu'ils eussent divorcé depuis des années, il n'avait jamais cessé, fidèle à sa promesse, de subvenir à ses besoins et de lui rendre visite.

– Dieu l'a rappelée à lui, murmura la femme de chambre.

– Dieu ? gronda Berlioz. Quel Dieu ? Il n'existe pas de Dieu au ciel. Dieu est une invention pour les fous. Au ciel, seul Shakespeare règne... Qu'il daigne accueillir son enfant, lui et lui seul !

Les servantes l'entourèrent, cherchant à le réconforter. Il se dégagea avec rage.

– Laissez-moi ! Ne comprenez-vous pas ? J'ai aimé cette femme ! Je l'ai aimée !

Il quitta la chambre, hagard, meurtri. Les

êtres qu'il chérissait étaient-ils donc voués à disparaître les uns après les autres ? Mais alors, quelle justice ? Quelle justice au ciel ? Après son père, sa sœur Nanci s'était éteinte dans des souffrances atroces, sans que les médecins daignent abréger son calvaire. Adèle elle-même était très malade. L'aimable Mendelssohn, épuisé par une existence trépidante, pourtant si jeune, siégeait désormais dans l'au-delà auprès des compositeurs qu'il avait si ardemment défendus, Bach, Mozart, Beethoven et Schubert. Et tant d'autres amis de la première heure...

À cinquante et un ans, Berlioz renvoyait l'image d'un vieillard aux cheveux blanchis. Ses traits s'étaient creusés, son regard voilé d'une ombre qui ne se dissipait qu'en présence de son fils, Louis. C'était à présent un fier jeune homme, de nature aimable, qui vénérait son père. Après avoir séjourné dans divers pensionnats, il avait embrassé la carrière de marin. Il naviguait sur les mers du globe, gravissant patiemment les échelons. Il restait la seule joie du compositeur. La semaine précédente, il avait profité d'une escale pour embrasser sa mère, sans se douter que ce serait la dernière fois.

Tandis que le cortège funèbre s'ébranlait vers le cimetière, Berlioz ne pouvait que contempler avec mépris ce Paris indifférent et frivole, qui jadis avait offert un triomphe à la jeune Irlandaise. Il se souvenait de la file des soupirants à la porte de sa loge et des manchettes élogieuses. Où étaient-ils, à présent, ces zélateurs, tous ceux qui s'étaient un jour dressés de leur siège, fous d'admiration, en scandant son nom ? Seules quelques silhouettes blafardes suivaient Ophélie jusqu'à sa dernière demeure.

Liszt, le fidèle d'entre les fidèles, lui écrivit les seuls mots capables de le consoler : *Elle t'a inspiré, tu l'as aimée, tu l'as chantée, ta tâche est accomplie.* Et de lui conseiller une nouvelle tournée en Allemagne qui l'aiderait à surmonter son chagrin.

Berlioz trouva l'idée bonne. Hanovre, Dresde, Leipzig, attendaient avec impatience son retour. Il était vénéré là-bas à l'égal d'un Bach ou d'un Beethoven. Il accepta de repartir, mais seul. Il entretenait toujours l'assommante Marie Recio – qui désirait à présent se faire épouser – mais préférait désormais qu'elle se tînt à l'écart de ses affaires.

À Weimar, il fut comme à l'accoutumée accueilli par Liszt qui, au fil des ans, avait transformé cette petite bourgade de province en un véritable laboratoire de musique moderne. Ainsi *Benvenuto Cellini*, si décrié à Paris, était monté régulièrement avec un vif succès. Pourtant, le public commençait à se partager entre « berlioziens » et « wagnériens » qui échangeaient par voie de presse des communiqués belliqueux.

À l'issue du souper donné en l'honneur du Français, Liszt préféra lui dévoiler cette nouvelle tendance et ses possibles inconvénients. Berlioz choisit de s'en amuser :

– Je sais que Wagner ne cesse de dire du mal

de moi. Et j'en dis de lui, pour faire bonne mesure. Il prétend que ma musique ne vaut rien, mais que je suis estimable ! Comme si on pouvait m'arracher le cœur et clamer : sauvons le mort !

– Ses propos sont souvent déformés par la presse.

– Mais ses écrits ? Que dire de ses écrits ? Un fatras de théories contre lesquelles je m'élève avec la dernière énergie.

– Disons, tempéra le virtuose avec sa diplomatie habituelle, que vous ne partagez pas les mêmes vues sur votre art. Tu sais combien Richard et moi sommes proches. Il t'admire sincèrement, mais il est trop orgueilleux pour l'admettre en public. Vous êtes semblables à cet égard.

– Que Wagner et sa prétention aillent au diable !

Liszt leva les yeux au ciel. Il avait décidément fort à faire pour ménager ces deux hommes au tempérament volcanique qui, par hasard, étaient aussi ses meilleurs amis.

– Vous devriez vous rencontrer pour dissiper les malentendus entre vous, conseilla-t-il à bout d'arguments. Votre guéguerre par voie de presse interposée est parfaitement grotesque. Sans compter les bêtises que répand Mlle Recio dans les salons.

– Je ne désire pas rencontrer ce monsieur, se renfrogna Berlioz.

Il évita en effet tout contact avec son rival durant sa tournée.

À son retour en France, il eut la joie de voir son oratorio *L'Enfance du Christ* ovationné par le public et encensé par la presse. Lassé de ses récriminations, il accepta d'épouser Marie. Son fils parti au loin sur les mers, elle était la dernière personne à partager son intimité. Et Berlioz supportait de plus en plus mal la solitude.

Cependant, il ne s'attarda guère dans son nouveau foyer et, dès le mois de février suivant, repartit en tournée.

Londres, 1855

– Attention, le voici !

Berlioz confia son manteau et son gibus au majordome, avant de recevoir les félicitations de la communauté française de Londres qui s'était réunie ce soir-là pour fêter son célèbre compatriote en visite. Le musicien fut ravi par l'attention, qui le consola de l'accueil mitigé du public anglais. Il serra les mains, s'inclina devant les dames, mais décela dans les sourires une malice qui lui laissa suspecter quelque traquenard.

– Eh quoi ? Aurais-je commis un impair, oublié de saluer une éminence ?

L'assistance s'écarta. Un petit homme d'une quarantaine d'années, le menton en galoche, le favori abondant, se leva vivement d'une banquette pour le saluer à son tour. Berlioz le considéra avec méfiance.

– Nous y voilà ! murmura-t-il.

– Comme il fallait s'y attendre ! répondit Richard Wagner.

– Messieurs, lança l'hôte de la soirée, un dénommé Sainton, nous ne pouvions rater cette occasion historique. Les plus grands génies musicaux de notre temps se trouvant simultanément dans notre bonne ville de Londres, il était impossible de ne pas les mettre en présence.

– Quelle charmante idée ! grinça Berlioz.

– Touchante attention ! ricana Wagner.

Ils se regardèrent en chiens de faïence.

– Messieurs, proposa Sainton. Trinquons d'abord !

On remplit leurs verres et, sans qu'ils s'en rendissent compte, on les isola dans le fumoir. Leur rivalité était réputée et chacun attendait avec un mélange d'excitation et de crainte l'issue d'une telle confrontation, l'oreille collée au battant.

Wagner déclencha les hostilités :

– J'ai assisté à tous vos concerts. Vous avez une science innée de l'orchestre, mais vous êtes un mauvais chef. Trop de gestes, trop de grimaces.

– Parlez donc ! répartit Berlioz. J'ai assisté aux vôtres. Vous ne savez pas garder un tempo et vous remaniez les partitions quand ça vous chante !

– Évidemment, la partition n'est pas une Bible ! Elle doit être interprétée.

– Aucunement. Elle doit être respectée !

– Vous avez dit du mal de moi dans votre journal.

– Et vous dans le vôtre.

– Vous ne comprenez rien à mon art. Vous confondez tout !

– Ah, bon ? Votre écriture est souvent paresseuse !

– Et vous, vos mélodies sont d'une platitude exaspérante !

Devant la tournure que prenaient les choses, les invités se demandaient avec anxiété s'il n'était pas temps d'intervenir.

– Croyez-vous qu'ils pourraient se battre en duel ? s'inquiéta une dame.

– La perspective n'arrêterait ni l'un ni l'autre, répondit Sainton. Ils sont fous tous les deux.

– Chut ! Écoutez ! Plus rien !

Les deux musiciens tournaient en rond, remâchant leurs rancœurs respectives. Puis, conscients en même temps du ridicule de la situation, une hilarité irrépressible les emporta. Ils tombèrent dans les bras l'un de l'autre :

– Ami Berlioz, au fond, je crois que nous avons plus d'affinités que de désaccords.

– Ami Wagner, peut-être sommes-nous trop proches pour ne pas nous repousser. Il paraît que vous souffrez de l'estomac, vous aussi ?

– Ah, certes ! Une maladie de femme, dit-on. Des poignards qui s'enfoncent là et là. Et le laudanum ne me soulage même pas.

– Moi, c'est pareil. Curieux que nous souffrions du même côté. Soyons amis et qu'importe ce qu'en penseront les gens !

– Qu'en dira votre épouse ? s'inquiéta Wagner.

Elle me déteste cordialement. Et je le lui rends bien.

– Nous nous verrons en cachette, et laisserons bavasser les imbéciles.

Cinq heures durant, les deux génies musicaux échangèrent leurs vues sur leur art. Les invités rassurés étaient allés se coucher depuis longtemps.

Weimar, 1856

L'ovation qui accueillit la représentation de *La Damnation de Faust*, montée avec la complicité de Liszt, fit surgir des larmes de joie aux yeux de Berlioz. L'œuvre qui avait été vilipendée à Paris avait trouvé ici son public. À l'issue du spectacle, Liszt entraîna son ami chez lui pour un dîner au calme, en compagnie de sa maîtresse Caroline de Sayn-Wittgenstein, princesse célèbre pour son charme autant que pour son esprit piquant.

– Je te préviens, lui glissa-t-il. Elle n'est pas commode !

Le dîner se déroula pourtant fort bien jusqu'au dessert. À la fin, Berlioz se recula sur sa chaise, grimaçant :

– Maudites brûlures ! Pardonnez si je ne puis terminer…

– Wagner souffre des mêmes, remarqua Liszt avec humour.

– Il me l'a dit. Hélas, pour lui comme pour moi, il n'existe aucun remède. Cela commence dès le matin et ne cesse d'empirer jusqu'au soir. Diable de vie. Je suis au bout du rouleau.

– Cessez donc de gémir et de vous plaindre sur votre sort, coupa la princesse jusqu'ici discrète. Votre état vient de ce que vous ne savez pas vous ménager.

– Me ménager ! explosa Berlioz. Feux et tonnerres ! Comment me ménager ? Je dois me battre avec la terre entière ! Savez-vous que depuis trois ans, je songe à écrire un immense opéra tiré de l'*Énéide* de Virgile. Oui, oui, l'*Énéide* que je lisais à mon père quand j'étais enfant et qui me mettait dans des transes telles qu'il devait m'interrompre. Je me sens capable de l'affronter aujourd'hui. Pourtant, devant l'énormité de la tâche, l'hostilité de ceux à qui je m'en suis ouvert jusqu'ici, mes forces m'abandonnent...

– Vous n'êtes qu'un lâche, laissa tomber la princesse.

Liszt grimaça de manière comique.

– Hem... Je vous en conjure, ma chère.

– Quoi ? Moi ? Un lâche ? s'emporta Berlioz touché au vif. Vous me connaissez mal !

– Alors montrez-le, répliqua Caroline, et au lieu de songer à votre opéra, écrivez-le. Un artiste ne se laisse pas dicter sa conduite par les imbéciles. Agissez comme il vous plaira, mais donnez-lui un début et une fin.

– Mais il sera monstrueux ! Inimaginable ! Vous doutez-vous de ce qu'il représenterait ? Pas moins de cinq heures de musique ! Personne n'en voudra !

– N'es-tu pas devenu membre de l'Institut ? glissa Liszt.

– Et juré du prix de Rome ! La belle affaire ! Jusqu'alors, j'étais assis sur une baïonnette, maintenant, je le suis dans un fauteuil. Pour le reste, la situation demeure inchangée. La France ne veut rien entendre, que du Meyerbeer, du Auber ! Du pompeux ou de l'indigent !

– Pour une telle œuvre, on doit tout braver, insista la princesse. Écrivez *Les Troyens*. Ou ne reparaissez plus devant moi.

Sur ces paroles, elle souleva les pans de sa robe et quitta dignement la table, laissant Berlioz éberlué. Liszt sourit :

– Je t'avais prévenu, elle a un fichu caractère.

Le Français prit une profonde inspiration :

– Soit. Je l'écrirai, cet opéra. Je t'en donne ma parole solennelle. Mais pour l'amour du ciel, j'ai trop honte. Supplie de ma part son altesse de feu de revenir à table.

La princesse consentit volontiers.

M. Hector Berlioz, de l'Institut, n'était pas homme à trahir sa parole. Dès son retour en France, il consacra la majeure partie de son temps à la composition de son rêve titanesque. Luttant contre ses douleurs intestinales qui le clouaient parfois des journées au lit, il s'acharnait à bâtir son œuvre colossale. Conter la prise de Troie, l'exil d'Énée appelé à fonder Rome, son amour pour la belle Didon, enflammait son imagination...

Les Troyens furent achevés en 1858. Ils duraient bien cinq heures et, comme prévu, n'intéressèrent personne. Berlioz eut l'idée d'en offrir le livret, écrit de sa main, à Napoléon III, espérant qu'il intercéderait pour décider l'Opéra à le monter. Au cours d'une réception au palais des Tuileries, il parvint à capter l'attention du monarque :

– Sire, je caresse l'idée d'un grand projet, un opéra comme l'on n'en a jamais vu. Il est écrit, terminé, et n'attend que…

– Ah bon, monsieur Berlioz, répondit le petit homme à barbiche avec un sourire figé. Comme c'est intéressant…

– Sire, me permettrez-vous de vous envoyer le poème ?

– Pourquoi pas, monsieur Berlioz ? Pourquoi pas ? Je le lirai dès que les affaires de l'État m'en donneront le loisir.

Repoussé par le flot des courtisans, le compositeur n'eut guère l'occasion de plaider davantage sa cause. Il envoya l'ouvrage, mais l'empereur ne le lut jamais, se contentant de le confier à l'administration des théâtres, que les proportions monstrueuses de l'œuvre amusèrent fort :

– C'est grotesque !

– Injouable !

– Inchantable !

– Et au bas mot, ça durera huit heures !

– Ce Berlioz !

À force d'acharnement pourtant, le compositeur parvint à en donner quelques fragments lors de soirées privées, avec la complicité de la célèbre cantatrice Pauline Viardot, amie et confidente des artistes parisiens. La presse donna un écho favorable de ces représentations, aussi Berlioz attendait-il un geste de l'Opéra. Il espérait en vain. L'ouvrage ne fut pas retenu. D'une part on gardait en mémoire les expériences malheureuses de *Benvenuto Cellini* et de *La Damnation de Faust*. Mais de plus, Paris s'apprêtait à honorer un autre prétendant.

Richard Wagner, de dix ans son cadet, avait lui aussi attendu son heure. Après bien des déboires, il avait convaincu l'administration de monter son opéra *Tannhäuser* dans le temple lyrique de l'Europe. Brisé et amer, Berlioz abandonna la partie. Quand les représentations du maître allemand échouèrent quelques mois plus tard, en 1861, sous les huées et les sifflets à roulettes, il ne prit pas position publiquement. Mais il ricana en privé :

– Je suis bien vengé !

Par-delà sa réaction spontanée, pourtant, il ne s'y trompait pas. Il savait applaudir à la défaite de son propre camp. Qui avait abattu Wagner sinon les esprits médiocres qu'il combattait lui-même ? Il dut attendre 1863 pour voir son grand ouvrage, réduit au seul acte *Les Troyens à Carthage,* monté sur la scène du Théâtre Lyrique. La presse applaudit poliment, le public clairsemé, poussé par la curiosité, assura tout juste la recette. Et Énée rejoignit l'oubli dans lequel Cellini et Faust avaient déjà sombré…

IMAGES DU PASSÉ

Paris, septembre 1864

Je suis dans ma soixante et unième année. Je n'ai plus ni espoirs, ni illusions, ni vastes pensées. Mon fils est presque toujours loin de moi. Je suis seul. Mon mépris pour l'imbécillité des hommes, ma haine pour leur atroce férocité, sont à leur comble. Et à toute heure, je dis à la mort : «Quand tu voudras !» Qu'attend-elle donc ?

Berlioz leva la plume, triste et fatigué. Il avait presque achevé ses mémoires. L'exercice, qu'il avait entrepris bien des années auparavant, ne lui inspirait plus que lassitude et écœurement, comme le reste. Il ne composait plus. Ses douleurs physiques avaient chassé son inspiration. Ses œuvres désormais existaient sans lui, au loin. *Roméo et Juliette*, le *Requiem*, *La Damnation de Faust* et même *Les Troyens* triomphaient en Allemagne, en Angleterre, en Russie. En France, les honneurs officiels ne suffisaient pas à masquer une cruelle réalité : le public ne comprenait pas sa musique. Hormis la sempiternelle *Symphonie fantastique*, composée plus de trente ans auparavant, ses autres chefs-d'œuvre étaient boudés.

Seul. Hector Berlioz était seul.

Marie Recio avait succombé à une crise cardiaque avant la cinquantaine. Liszt était entré dans les ordres et leurs relations s'étaient espacées. Ses amis de naguère s'étaient éloignés. Berlioz s'étira comme un vieux chat, contempla par la fenêtre le spectacle de ce Paris gris et indolent de septembre. Un fiacre qui s'arrêtait devant sa porte le fit se hausser sur la pointe des pieds. Un espoir l'anima soudain. Était-il possible que... Il reconnut à peine le grand jeune homme au visage buriné serti d'un collier de barbe, qui entrait dans l'immeuble.

– Louis ! Louis !

Il claudiqua jusqu'à l'entrée, écartant les serviteurs de son passage. Il ouvrit la porte à la volée. Son fils se jeta dans ses bras et l'étreignit avec force.

– Cher papa ! Je ne savais si vous seriez présent.

– Diable ! plaisanta le musicien. Quelle vigueur de marin ! Tu aurais aussi bien pu me briser en deux ! Quelle heureuse surprise !

– Nous sommes revenus des côtes mexicaines plus tôt que prévu. Je dispose de quelques jours. J'avais espéré que nous les passerions ensemble.

– Chaque instant, mon garçon ! Entre, mais entre donc !

Ils restèrent des heures à discourir, l'un de sa carrière, l'autre de ses voyages. Le soir, ils dînèrent aux environs d'Asnières et décidèrent de marcher le long de la Seine. Ils devisaient gaiement sur Shakespeare, pour lequel Louis éprouvait la même admiration que son père. Ils s'étendirent sur l'herbe comme des gamins, contemplant le soleil qui déclinait au-dessus des collines de Saint-Germain. Berlioz observait son fils avec tendresse. Il ressemblait tant à sa mère. Cette pensée l'émut. Puis un curieux sentiment de déjà-vu s'empara de lui.

– Je ne sais pourquoi, dit-il, cet endroit m'est familier.

– Pourtant, ce n'est guère le quartier que vous fréquentez d'ordinaire. Ici, pas de théâtres, de salles de concert, de boulevards éclairés ni de cafés à la mode !

– Scélérat ! Brocarder de la sorte ton vieux père ! Le temps est loin où les « Jeune-France » et moi refaisions le monde sur un coin de table. Non, mais il me semble…

Il se tapa sur la cuisse.

– Oh, je me souviens à présent. Je me suis étendu ici même voici trente-six ans. C'était après que ta mère m'est apparue sur scène ! J'en avais perdu le boire et le manger. J'errais comme un spectre dans Paris et, à bout de force, je m'endormais là où le hasard de mes pas m'avait conduit. Un matin, je me suis éveillé à cette place. Comme la vie est parfois étrange…

Louis passa une main autour de son épaule. Ils songeaient tous deux à la même chose.

– Pauvre Harriet, murmura Berlioz. Mais nous sommes ensemble et c'est bien ce qui compte.

Louis repartit la semaine suivante, pour un nouveau voyage aux confins des océans.

Il abandonnait son père pour une éternité.

Lyon, même mois de septembre 1864

– Je suis Hector Berlioz. Voici ma carte. Je désire voir Mme Fortier... Elle doit m'attendre. Je lui ai écrit. Elle devait me recevoir à midi, mais je suis en avance... et... et à la vérité, je n'y tenais plus.

La servante considéra le vieillard embarrassé qui triturait nerveusement les bords de son chapeau.

– Je vais voir, monsieur.

Elle l'abandonna sur le seuil. Berlioz tendit l'oreille. Il entendit une voix chevrotante intimer à la fille l'ordre de l'introduire sur-le-champ. Un immense soulagement s'empara de lui. Il abandonna son manteau, sa canne et son gibus tordu aux mains de la servante. Une femme élancée apparut au bout du couloir, vêtue d'une austère robe grise et coiffée d'un bonnet de dentelle. Berlioz crut que son cœur allait s'arrêter. Il eût reconnu cette silhouette entre mille. Elle avait hanté tant de ses nuits d'adolescent. Quand elle apparut dans la lumière du vestibule, il demeura pantois, incapable de prononcer une parole, l'esprit en feu comme un demi-siècle plus tôt, lorsqu'il l'avait vue pour la première fois. Il la dévisagea avec insistance, cherchant à reconstituer derrière le masque fripé de la vieille dame aux cheveux argentés la beauté enfuie, l'éclat rieur du regard, le sourire de jadis.

– Bonjour, monsieur Berlioz, dit Estelle d'une voix douce. Nous sommes de vieilles connaissances, n'est-ce pas ? Nous étions des enfants, alors. Je vous en prie, entrez.

Incapable de prononcer une parole, le musicien se laissa conduire dans un salon coquet, tendu de tapisseries de velours. Des napperons fleurissaient les fauteuils. Sur les guéridons, des photographies se chevauchaient, litanie de visages inconnus, étrangers, graves pour la plupart. Berlioz eût aimé trouver le sien. Il savait pourtant la chose impossible.

– J'ai bien reçu votre lettre. Vous imaginez combien j'ai été surprise... Avez-vous fait le voyage exprès ?

– Je... À la vérité... Je reviens de Meylan. Je désirais une fois de plus retrouver les paysages de mon enfance. Puis j'ai été pris d'un désir irrésistible de vous revoir. J'ai réussi à obtenir votre adresse, et voilà...

– Vous avez eu une vie bien agitée, monsieur Berlioz.

– Comment le savez-vous ?

– J'ai bien sûr entendu parler de votre brillante carrière et aussi, j'ai lu l'une de vos biographies.

– La plupart ne racontent que des balivernes. Pour cette raison, j'ai entrepris mes mémoires, avec l'intention d'y rétablir certaines vérités. Ils sont presque achevés. Ma vie a été bien remplie je crois. Mais je ne sais rien de la vôtre...

– Elle a été triste, monsieur Berlioz. J'ai perdu plusieurs enfants, et mon mari est mort. Je vous suis reconnaissante des sentiments que vous me témoignez encore.

Cet aveu troubla profondément le compositeur. Un instant, il imagina ce qu'aurait pu être sa vie si seulement Estelle avait consenti à la passer à ses côtés. Il sentit son vieux cœur se briser en miettes. N'y tenant plus, il murmura :

– Madame, donnez-moi votre main.

Estelle la lui tendit, contenant avec peine son émotion. C'était une vieille main ridée. Il la porta pieusement à ses lèvres. Le temps se figea le temps d'un souvenir, le temps d'une valse oubliée. Puis il se leva dignement pour prendre congé. Elle le raccompagna jusqu'à la porte, très pâle, visiblement bouleversée par cette entrevue.

– Adieu, monsieur Berlioz. Car je doute que nous nous revoyions jamais. Je pars bientôt pour la Suisse.

– Adieu, murmura Berlioz. Adieu Estelle.

Estelle. « Stella montis ». L'étoile des montagnes.

La vieille dame referma sa porte.

INFORMATIONS
Cascade

BIOGRAPHIE

1803 : Hector Berlioz naît le 11 décembre à la Côte-Saint-André, en Isère.
1816 : Après s'être initié au tambour et à la flûte, il décide d'acquérir quelques notions d'harmonie. Il se meurt d'amour pour Estelle.
1821 : Bachelier, son père l'envoie à Paris poursuivre des études de médecine.
1823 : Il devient l'élève de Lesueur, auprès duquel il acquiert un véritable bagage technique.
1827 : Il se passionne pour Shakespeare et l'actrice irlandaise qui incarne Ophélie dans la pièce *Hamlet*.
1826-1829 : Il s'efforce en vain d'obtenir le Prix de Rome décerné par l'Institut.
1830 : Il compose la *Symphonie fantastique* qui fait l'effet d'une bombe. À la quatrième tentative, il obtient enfin le Grand Prix de Rome avec sa cantate *Sardanapale*.
1831 : Séjour à Rome. Rencontre avec Mendelssohn. Épisode de Camille Moke.
1833 : Il épouse Harriet Smithson et devient un critique influent au *Journal des débats*.
1834 : Il compose *Harold en Italie* pour Paganini, le célèbre violoniste.
1837 : Il élabore un *Requiem*, donné avec faste, mais son opéra *Benvenuto Cellini* est un four.
1839 : Il compose sa symphonie dramatique *Roméo et Juliette.*
1840 : Il fait exécuter sa *Symphonie funèbre et triomphale*.

1843 : Il se sépare d'Harriet, tombe dans les bras de Marie Recio. À partir de cette date commencent d'innombrables voyages en Europe, où il dirige ses œuvres en personne. Succès retentissants.
1846 : Échec de *La Damnation de Faust* à Paris.
1854-1855 : Il compose *L'Enfance du Christ* et un *Te Deum* qui seront représentés avec succès.

La Damnation de Faust : Marche hongroise

1859 : Il achève son opéra *Les Troyens* mais échoue à le faire représenter.
1862 : Mort de Marie Recio.
1863 : *Les Troyens* sont montés au prix de mutilations et de coupes. Succès mitigé.
1864 : Il revient sur les lieux de son enfance et revoit Estelle.
1867 : Son fils Louis meurt de la fièvre jaune à La Havane.
1869 : Il décède le 11 mars à Paris d'une embolie cérébrale.

L'Enfance du Christ : Repos de la Sainte-Famille

BERLIOZ, LE RÉVOLUTIONNAIRE

Les grands compositeurs français ne sont pas si nombreux qu'on puisse dédaigner l'immense figure de Berlioz, inventeur du romantisme musical, explorateur de l'orchestration moderne. Avant Liszt et Wagner, qui s'inspirèrent abondamment de ses audaces, il innova dans le genre de la symphonie comme dans celui de l'opéra.

Dédaigné par ses compatriotes, il remporta sa notoriété à l'étranger. Aujourd'hui encore, il est souvent mieux considéré dans le reste de l'Europe que chez nous. Anglais et Américains ont souvent contribué, pour les concerts comme pour les disques, à tirer de l'ombre ses œuvres oubliées. En s'affranchissant des conventions de son époque, Berlioz a créé l'orchestre moderne et sa science de l'instrumentation influencera longtemps ses successeurs.

Doté de surcroît d'un véritable talent littéraire, il a laissé des ouvrages tels son *Traité d'instrumentation et d'orchestration* (1844) et *L'Art du chef d'orchestre* (1856) qui font toujours figure de références. Je ne saurais trop recommander la lecture décapante des *Grotesques de la musique*, des *Mémoires* et des *Soirées de l'orchestre* à la plume vive, étincelante et à l'humour caustique.

Berlioz fut un révolutionnaire dans un pays qui a inventé la révolution. Peut-être fut-ce là son seul défaut...

POUR ÉCOUTER BERLIOZ

Comparée à celle de ses contemporains, l'œuvre du grand maître français n'est pas très abondante. Berlioz ne composa ni musique de chambre ni concertos, et ses symphonies mêmes, rompant avec les conventions, se rangent difficilement sous ce nom. Cette extraordinaire modernité, cette flamme née d'un nouveau sang romantique, forment la pierre d'angle de toute interprétation berliozienne.

La Symphonie fantastique

Pour pénétrer cet univers hors du commun, quel meilleur passeport que la célébrissime *Symphonie fantastique*, l'une des plus jouées et enregistrées du répertoire. C'est un monument, un rêve halluciné, une boule de feu. Elle comporte cinq mouvements, chacun traduisant une scène, une situation, dont le compositeur – hanté par son amour – est lui-même spectateur et acteur :

1. Rêveries et passions.
2. Un bal.
3. Scène aux champs.
4. Marche au supplice
5. Songe d'une nuit de sabbat.

Pour la première fois, un même motif musical (personnifiant ici l'idée fixe, la femme aimée) revient au fil de la symphonie, comme un refrain, se métamorphosant au gré de la situation (notez les différences d'orchestration et les altérations du rythme). Liszt, Wagner, Tchaïkovski et bien d'autres s'inspireront de ce procédé révolutionnaire.

RÊVERIE ET PASSION (THÈME)

Les chefs les plus illustres ont affronté ce redoutable chef-d'œuvre. Ce sont les plus méconnus qui ont pourtant le mieux pénétré son univers fantasmagorique :

• Carlos Paita, avec le London Symphony Orchestra (1978, Lodia), est le type même de l'énergumène dévastateur. Honni en France pour ses excès, il recrée ici une vision où sa fougue débridée fait merveille. Cet enregistrement tour à tour grinçant, lyrique et échevelé, obtint naguère un grand prix du disque hautement mérité. Aux abris ! Une vraie tornade...

• Paul Paray, avec l'Orchestre symphonique de Detroit (1958, Mercury, prix moyen et en l'occurrence ridicule), signe également une vision – et non une version ! – particulièrement tendue, acérée. Moins spectaculaire que celle de Carlos Paita, son approche est d'une noirceur diabolique. Pourtant le trait est clair, précis et sans concession – parfois jusqu'à la cruauté (le bal et la marche au supplice).

Ces deux disques, et ce n'est pas un moindre atout dans cette œuvre, bénéficient d'une prise de son époustouflante, renvoyant à leurs chères études les preneurs de son numérique.

• Charles Münch (1960, RCA, petit prix) signe avec l'Orchestre symphonique de Boston une autre version de tempérament, pleine d'un allant et d'une chaleur lyrique, plus « française » dans la souplesse et l'improvisation.

Moins probantes, mais passionnantes, les tentatives pour recréer à l'aide d'un orchestre « baroque » les conditions de la première audition (1830). Dans cette optique, John Eliot Gardiner et l'Orchestre révolutionnaire et romantique (si, si, c'est son nom, même en anglais !) éclipsent tous leurs concurrents.

Harold en Italie

Plusieurs versions de cette œuvre magnifique et méconnue se coudoient, sans qu'aucune ne se dégage vraiment. Il faut noter celles de :

• Zubin Mehta et Daniel Benyamini et l'Orchestre symphonique d'Israël (1975, Decca Caractère, double CD) pour les tempos justes, et le ton engagé et lyrique.

• Michel Plasson et Gérard Caussé avec l'Orchestre national du Capitole de Toulouse (1993), la seule version 100 % française, superbe de ton (si vous voulez découvrir les possibilités d'un alto, écoutez-la !) mais l'orgie des brigands, défaut fréquent, est trop civilisée.

• John Eliot Gardiner, et l'Orchestre romantique et révolutionnaire (Philips), réédite son « autre manière ». On peut se laisser tenter.

Roméo et Juliette

Le prix est un véritable obstacle pour acquérir ce pur chef-d'œuvre (2 CD, souvent chers) car il existe peu de disques d'extraits. En voici un qui, sans être génial, a le mérite de mettre le nectar à portée de tous :

• Yoel Levi et l'Orchestre de San Diego (1994, Naxos, petit prix) qui ont aussi enregistré les ouvertures, dont le célèbre *Carnaval romain*.

Mais nous avons tellement mieux avec :

• Seiji Ozawa et l'Orchestre symphonique de Boston, (1975, DG), peut-être le meilleur disque du grand chef japonais dont la passion, la violence, sont sidérantes.

• Colin Davis et le London Symphony Orchestra (1968, Philips). Colin Davis (surnommé Monsieur Berlioz, car il enregistra dans les années 60-70 l'intégrale de son œuvre, merci Sir Colin !) peint une fresque aux couleurs sombres et diaprées, très shakespearienne. Il a enregistré depuis une deuxième version avec l'Orchestre symphonique de Boston, aux tempos plus alanguis et aux accents plus émoussés, qu'on peut laisser au profit de celle-ci.

• John Eliot Gardiner, avec son orchestre habituel d'instruments anciens, édite sans doute son meilleur Berlioz. Il ne se contente pas de revisiter mais, en prime, ajoute un ton vif, précis, un trait noir et cruel sans lesquels il n'est pas de Roméo, moins encore de Juliette.

BALLADE DU ROI DE THULÉ